語可書坊

作家文摘　　**语之可**　　第五辑（13-15）

顾　问（以姓氏笔画为序）

冯骥才　孙　郁　苏叔阳　张抗抗　张　炜
梁　衡　梁晓声　韩少功　熊召政

主　编　张亚丽　　　　　　**副主编**　唐　兰

编　辑　姬小琴　王素蓉　裴　岚　之　语
设　计　于文妍　之　可

语之可 14

Proper words

君臣一梦，今古空名

作家出版社

目 录

思想的活跃，创造了稷下学宫的仪轨，打造了百家争鸣的舞台，营造了文化包容的氛围，形成了思想多元的格局。在这里，没有违心之说，没有一言之堂，没有文字狱，没有学术不端，不为权威者所垄断，不为善辩者所左右，诸子百家言论自由，畅所欲言；学术自由，著书立说。稷下学宫，一个东方的文化王国，一片东方的文化净土，中国知识分子的天堂。

在北宋瑰丽的文化历史天空下，赵抃并非有着明星范儿的文学大家，也非炙手可热的政坛领袖，但在他身上，却可以读到宋朝独有的御史、台谏文化，读到今日政治迫切需要的善意从容，读到一个人为人处世的举重若轻。

施京吾　伏尔泰与卢梭: 法国思想史上的"王""后"大战

我将这场冲突形容为思想史上的"王""后"大战。
"王",当然指伏尔泰,他是当时法国思想群体的真正导
师、独一无二的泰山北斗;"后",自然指卢梭,他阴柔、
敏感、深情、脆弱,具备了"思想王后"的基本要素。
他对伏尔泰充满期待,希望对方能在思想上重视他、指
导他,和他进行公开平等的交流,但卢梭一样没有得到,
因此有着情感上的哀怨直至不满。他与伏尔泰的思想分
歧,终于在伏尔泰的倨傲和放浪不羁中爆发,变成思想
史上的一个"大事件"。

千古斯文道场：稷下学宫的流与变

李　舫

思想的活跃，创造了稷下学宫的仪轨，打造了百家争鸣的舞台，营造了文化包容的氛围，形成了思想多元的格局。在这里，没有违心之说，没有一言之堂，没有文字狱，没有学术不端，不为权威者所垄断，不为善辩者所左右，诸子百家言论自由，畅所欲言；学术自由，著书立说。稷下学宫，一个东方的文化王国，一片东方的文化净土，中国知识分子的天堂。

两千多年前的春秋战国，是中国历史上的一段大分裂时期。然而，正是在这时代的动荡与纷争、思想的争鸣和交锋中，出现了中国历史上学术极为活跃的黄金时代。

历时五百余年的春秋战国时代，是中华古代文明逐渐递嬗为近现代文明的过渡时代。极大的开放、极大的变革、极大的流转，使中国的思想呈现了百家争鸣、异彩纷呈的局面，各阶级、各阶层、各流派，都企图按照自己的利益诉求，对宇宙社会和万事万物作出解释，提出主张。他们著书立说，广收门徒，高谈阔论，彼此诘难，在睿智的想象中相互争锋，在深沉的阐述中相互砥砺，在慷慨的激辩中相互增长。这是人类思想史上真正的黄金时代，它宛如簇簇晨星，闪烁着智慧的光芒，又似道道曙光，为学术思想带来蓬勃灿烂的景象。

这个黄金时代，有着无数振聋发聩的奏鸣，其中绵延后世、回响不绝的一道，是稷下学宫。"齐王乐五帝之遗风，嘉三王之茂烈；致千里之奇士，总百家之伟说。"一千四百年后，北宋政治家、历史学家司马光在《稷下赋》中如此深情地讴歌，感慨："美矣哉！"

诚哉斯言！在中华民族的文明征程上，这一段历史格外波澜壮阔，底蕴深厚，它承载着中华民族童年的梦想和期盼。

时隔两千三百余年，回望历史的深处，抚摸岁月的肌理，在流沙坠简似的时间长廊，我们有必要停下脚步追问——这一段历史究竟为我们民族带来了怎样的启蒙、怎样的开篇？

一

是的，大地证明了一切。

浑厚丰饶的大地，如一道无解的谜题，在某一天缓缓地包藏了它的秘密，又在某一天，断然将这些秘密舒展开来。

1943年，一场饶有趣味的考古正在临淄进行，一块刻有"稷下"二字的明代石碑在这里得见天日，一同出土的还有不少战国时期的瓦当、石砖。

历史像个顽皮的孩子，有时，刻意与你擦肩而过；有时，又假装与你狭路相逢。这一刻，这个顽皮的孩子欢欣地跑过来，捧出他珍藏已久的宝物。齐都遗址出土的这方"稷下"石碑，是历史留给未来的宝物，透过它，我们隐约可见时光的地标，恍惚听到远祖的召唤；透过它，尘封已久的稷下学宫的秘密终于大白天下。

"稷下"之名，始见于《史记》。

"稷"，在中国浩瀚的史籍中，是一个有着特殊分量的概念。"稷"，也叫"后稷"，是周族始祖，因善种粮食，"稷"被尊为农神或谷神，在我国古代享有崇高的地位。"社稷"一词的意思，就是古代帝王、诸侯所祭的土神和谷神，古时亦用作国家的代称。

方志记载，中国历史上共有三处以"后稷"的"稷"为名的"稷山"，一处位于山西省稷山县南，一处位于浙江省绍兴市，还有一处，位于山东省淄博市临淄区西南。临淄稷山，是临淄与青州的界山，山阴为临淄，山阳为青州。山上旧有后稷祠，海拔虽仅一百七十一米，但影响巨大。齐国古称稷下，齐古城有"稷门"，皆因此山而起。

因稷门而名的稷下学宫，顺应战国时代变法改革的历史潮流而产生。

生命充满了无数的偶然，但是，无数偶然的背后，一定有着一个巨大的必然。它常常被我们忽视，却所向披靡，无往而不胜。

这一天，"必然"化作一个叫作"田午"的少年，御风而来。

关于齐桓公田午的故事很多，最为众所周知的是"扁鹊见齐桓公"，他的名字随"讳疾忌医""病入膏肓"两个成语而被贻笑至今。

传说的昏庸断不能遮蔽历史的伟大。公元前376年，作为田氏取代姜族、夺取齐国政权后的第三代国君，齐桓公田午面临着新生政权有待巩固、人才匮乏的现实，于是，他继承齐国尊贤纳士的优良传统，在国都临淄的稷门附近建起了一座巍峨的学宫，广招文学游说之士讲学议论，成为各学派活动的中心，"稷下学宫"由此而生，后世亦称"稷下之学"。

两千多年前的春秋战国时代，中华民族尚在文明的早期，天地清新，万物勤勉，人们日出而作，日落而息，凿井而饮，耕田而食，一派灿烂景象。

——这是最后的青铜器时代，以铁器和牛耕为标志的革命带来封建制度的确立，也造就了社会经济的繁荣。

——这是璀璨的楚辞和南华经的时代：庄骚两灵鬼，盘踞肝肠深；秋心如海复如潮，但有秋魂不可招。童年时期的中华文化，已经完成了人类思想的第一次重大突破。

——这是中国文明最波澜壮阔的时代，奉献了瑰丽的诗篇、科学的节气和对这个星球上自然万物的神奇想象。

——这也是中国政治最波诡云谲的时代，从陈完逃齐，到公元前 386 年周安王同意田和的请求为诸侯王，时间的大书已经翻过了二百八十六年的漫长岁月，这个曾被放逐于海岛之上"食一城，以奉其先祀"的弱小部落，已经等待得太久太久了。

历史必然常常以偶然的方式出现，偶然的集束却未必表现为必然。田氏代姜之后，严惩贪赃行贿，重奖勤政变革，齐国出现了空前的富庶。《战国策·齐策》引苏秦的话说：

> 齐地方二千余里，带甲数十万，粟如丘山……临淄甚富而实，其民无不吹竽鼓瑟，击筑弹琴，斗鸡走狗，六博蹴鞠者。临淄之途，车毂击，人肩摩，连衽成帷，举袂成幕，挥汗成雨，家殷人足，志高气扬。

这是齐国的戏场，也是历史的域场。那一刻的齐国，韬光养晦，休养生息，真的是风流倜傥仪态万方啊。齐国，这个能干的巧妇，将自己结成了一张四通八达的大网——

这里，有从临淄直达荣成、横贯全国的东西通衢，有临淄西经平陵、南出阳关而达兖州的要道，有临淄东经即墨而达诸城、日照从而与吴、越交往的大街道，有临淄经济南和平原达赵、卫的交通干道，有从临淄南出穆陵关而达沂南与楚相接的枢纽……隐蔽在这些大路心腹之侧，还有数不清的羊肠小路。在哀鸿遍野、内忧外患的古神州，孟子、荀子、邹子、慎子、申子……一个又一个行者，风尘仆仆地沿着这些小路坚定地走进令人向往的稷下学宫，走进天下读书人的梦中家园。

而这座高头大殿，坐落在稷山之侧，更矗立在天下人的心中。它，像一个勤勉的君王，夙夜在公，朝乾夕惕；像一个健硕的武士，气宇轩昂，威风凛凛；像一个从容的智者，成竹在胸，乾坤澄澈。

公元前 319 年，齐宣王即位。宣王在位期间，借助强大的经济军事实力，一心想称霸中原，完成统一中国的大业。为此，他像其父辈那样大办稷下学宫。他给稷下先生们极高的政治地位和礼遇。这些人参与国事，可以用任何形式匡正国君及官吏的过失。他还为他们修康庄大道，建高门大屋，给予很高的俸禄。"稷下之冠"的淳于髡有功于齐，位列上卿，赐之千金，革车百乘；孟子被列为客卿，出门时"后车数十乘，从者数百人"；田骈"訾养千钟，徒百人"。

史料记载，齐宣王经常向稷下先生们征询对国家大事的意见和看法，并让他们参与外交活动，以及典章制度的制定。这样一来，稷下学者们参政议政的意识空前强烈，学术研究的自主性、创造性和积极性异常高涨。齐宣王时期的稷下学宫，其规模之大，人数之众，学派之多，争鸣之盛，都达到了稷下学宫发展史上的巅峰。此时，稷下学宫已经具备了相当的规模和影响。《史记·田敬仲完世家》云：

> 宣王喜文学游说之士，自如邹衍、淳于髡、田骈、接予、慎到、环渊之徒七十六人，皆赐列第为上大夫，不治而议论。是以齐稷下学士复盛，且数百千人。

一时间，战国学术，皆出于齐。

在春秋战国那样一个诸侯割据，长期分裂动荡的时代，稷下设于一国之中而历一百五十年之久，不能不说是中国文明史上的奇迹。

二

稷下多谈士，指彼决吾疑。

恰如东晋陶潜在《拟古》诗中所写，稷下学宫在先秦时期的文化史上，占有着十分显著的地位，是各种文化思想理论学说汇聚、碰撞、交流、融合的地方。

田氏代姜，毋庸置疑的是，六百年的姜氏江山有着深厚的文化积淀。西周之初，封师尚父姜尚于齐，封周公旦于鲁。齐鲁毗邻，但其思想体系大有不同。传说太公封鲁，伯禽至鲁三年，才报政周公。周公问："何迟也？"伯禽曰："变其俗，革其利，丧三年然后除之，故迟。"而太公封齐，五月报政。周公问："何疾也？"太公曰："吾简其君臣礼，从其俗为也。"毫无疑问，姜尚的见地恰在于此，他因地制宜，移风易俗，没有简单地将西周王朝那一套繁琐的礼仪搬到齐国，而是"引其俗，简其礼，通工商之业，便鱼盐之利"，迅速得到了百姓的拥护，"人民多归齐，齐为大国"。

思想的活跃，创造了稷下学宫的仪轨，打造了百家争鸣的舞台，营造了文化包容的氛围，形成了思想多元的格局。在这里，没有违心之说，没有一言之堂，没有文字狱，没有学术不端，不为权威者所垄断，不为善辩者所左右，诸子百家言论自由，畅所欲言；学术自由，著书立说。稷下学宫，一个东方的文化王国，一片东方的文化净土，中国知识分子的天堂。

这是一份长长的名单：稷下学宫在其兴盛时期，曾容纳了当时"诸子百家"中的几乎各个学派，儒家、法家、道家、墨家、名家、兵家、农家、阴阳家、纵横家、小说家……汇集了天下贤士多达千人左右，其中著名的学者如孟子（孟轲）、淳于髡、邹子（邹衍）、田骈、慎子（慎到）、申子（申不害）、接子、季真、涓子（环渊）、彭蒙、尹文子（尹文）、田巴、儿说、鲁连子（鲁仲连）、驺子（驺奭）、荀子（荀况）……

我们不难想象，在时间的深处，有这样一群人轰轰烈烈，衔命而出，他们用自己的智慧、立场、观点、方法，去观察，去思索，去判断，他们带来了人类文明道道霞光，点燃了激情岁月的想象和期盼。当时，凡到稷下学宫的文人学者、知识分子，无论其学术派别、思想观点、政治倾向，以及国别、年龄、资历等如何，都可以自由发表自己的学术见解，从而使稷下学宫成为当时各学派荟萃的中心。这些学者互相争辩、诘难、吸收，成为真正体现春秋战国"百家争鸣"的典型。

当彼之时，他们的心中有着伟大的信念：家国！社稷！天下！

稷下学宫荟萃了天下名流。稷下先生并非走马兰台，你方唱罢我登场，争鸣一番，批评一通，绝大多数先生学者耐得住寂寞，忍得住凄凉，静心整理各家的言论。他们在稷山之侧，合力书写这本叫作"社稷"的大书。

战国时期，诸侯割据，稷下之学缘何得以最终在齐国昌盛？历史的答案是：天时，地利，人和。

秦国虽然最后兼并六国一统天下，但是在相当长的时间内，文化落后，思想保守，机制迂腐，假如没有公元前356年秦孝公重用商鞅实行变法，秦国绝无成为大国之可能，更无力成为文化的中心。楚国国土最大，人口最多，然而长时间的文化交流却使得巫文化融入中华文化，尽管一度出现屈原、宋玉等文学翘楚，但是秦楚接壤，战争频仍，又缺乏相应的机构平台，学者难以云集。燕国更为弱小，又经常被山戎所掠，只是到了燕昭王时招募贤士，得乐毅，出兵破齐，国力才逐渐强大，然而，贤良者寡，国家终无所依傍。韩国屡迁京都，山地多，平原少，物产贫乏，人口稀疏，文化落后，发展乏力。赵国濒临齐国，且与匈奴为界，战乱频繁，局势动荡。魏国一度强盛，尽管有魏文侯短暂的中兴，但是经历桂陵、马陵之战，国力衰颓，一蹶不振。

从兴办到终结，稷下学宫约历一百五十年，对于寻聘和自来的各路学者，稷下学宫始终保持着清晰的学术评估，即根据学问、资历和成就分别授予"客卿""上大夫""列大夫"以及"稷下先生""稷下学士"等不同称号，而且已有"博士"和"学士"之分。这就使学宫在纷乱熙攘之中，维系住了基本的学术秩序，也许创造了当时众多的世界纪录——学者最多的机构，著述最丰的学术，学风最淳的时代，历时最久的学院。

将文化建设上升为国家战略，在中国历史上，这是第一次。

战国时期各国的先生学者都以"士"相待，然而齐国却赐为"上大夫"。一代宗师孟子去鲁居齐三十载，"得天下英才而教育之"；诸子的集大成者荀子离赵赴齐，"最为老师"，"三为祭酒"。格外的尊宠、无上的地位、炫目的光环，引动四方游士、各国学者慕名而来，以至稷下先生在鼎盛之时多达千余人，而稷下学士有"数百千人"。尊师真正使齐国人才济济，形成了东方的文化王国。

稷下学宫是东方文化的千古绝响，开启了中华文化的源流。

三

战国时期，齐国有一个著名的怪才叫作淳于髡，《史记·孟子荀卿列传》云："淳于髡，齐人也。博闻强记，学无所主。其谏说，慕晏婴之为人也，然而承意观色为务。"《史记·滑稽列传》记载："淳于髡者，齐之赘婿也，长不满七尺，滑稽多辩。数使诸侯，未尝屈辱。"

"髡"是先秦时期的一种刑法，指剃掉头顶周围的头发，是对人的侮辱性惩罚。出身卑贱的"赘婿"淳于髡尽管身材矮小、其貌不扬，然而，却得到了齐国几代君主的尊宠和器重，他博学多才、能言善辩，或讽谏齐王，或出使邻国，或举荐士子，或折冲樽俎，"不治而议论"（《史记·田敬仲完世家》），胸怀"不任职而论国事"（《盐铁论·论儒》）的政治法则。

司马迁在《史记》里不止一处写到淳于髡，足见他是齐国不容忽视的人物。比如这则淳于髡劝谏齐威王的记载：

> 齐威王之时，喜隐，好为淫乐长夜之饮，沉湎不治，委政卿大夫。百官荒乱，诸侯并侵，国且危亡，在于旦暮。左右莫敢谏。淳于髡说之以隐曰："国中有大鸟，止王之庭，三年不蜚又不鸣，王知此鸟何也？"王曰："此鸟不飞则已，一飞冲天；不鸣则已，一鸣惊人。"于是乃朝诸县令长七十二人，赏一人，诛一人，奋兵而出。诸侯振惊，皆还齐侵地。威行三十六年。

齐威王逸乐无度，不管政事，各国来犯，国家存亡在旦夕之间，身边近臣却无一敢进谏。淳于髡用齐威王喜好的隐语来规劝讽谏齐威王，于是历史上留下了上面这场精彩对话。

有趣的是，齐威王这只大鸟听闻此言，居然决心一鸣惊人。他迅速诏令全国七十二个县的长官全部入朝奏事，烹杀阿大夫，赏赐即墨大夫，"于是齐国震惧，人人不敢饰非，务尽其诚"。又发兵御敌，诸侯十分惊恐，纷纷将侵占的土地归还齐国。齐国的声威竟维持长达三十六年。

淳于髡像一把丑陋的巨剑，一时低伏匣中，一时扬眉出鞘。到底是谁，给了这个聪明的丑八怪无上的权力？是政治的角逐，是国家的利益，是自由的氛围，是君王的需要，一言以蔽之，是稷下学宫。淳于髡的政治智慧和文化判断，来源于稷下学宫的自由包容、畅所欲言。

不难理解，何以司马迁在《史记·孟子荀卿列传》中感慨："自邹衍与齐之稷下先生，如淳于髡、慎到、环渊、接子、田骈、驺奭之徒，各著书言治乱之事，以干世主，岂可胜道哉！"稷下先生著书立说主要目的不仅在于上说下教，更在于"不治而议论""以干世主"。

如果你没有听到过深海的咆哮，如果你没有听到过远古的呼啸，如果你没有在史籍的夹缝里看到过累累白骨、血流漂杵，你不会明白在这个时代人类智慧的分量。这是中华民族的童年时代，也是中华文明的源头时代。历时五百余年的春秋战国，诸侯割据，礼教崩殂，周天子的权威逐渐坠落，世袭、世卿、世禄的礼乐制度渐次瓦解，各国诸侯假"仁义"之名竞相争霸，卿大夫之间互相倾轧。

然而，恰恰是在这样的大动荡、大分裂中，中国最早的一批知识分子集聚在稷下学宫，为国家社会现实和未来发展进行积极、认真、深刻的思考，他们完成了学术研究制度的革新——有组织、有聘任、有俸禄，更带来了思想文化的丰富。至此，以齐国为中心，中国文化第一次实现了各派并立、平等共存、百家争鸣、学术自由、求实务治、经世致用的伟大愿景。

四

在 1949 年出版的《历史的起源和目标》中，雅斯贝尔斯提出了一个重大命题："轴心时代。"他将影响了人类文明走向的公元前 800 年至公元前 200 年定义为"轴心时代"。

这是一件有趣的事。在人类童年天真未凿、草莽混沌的早期，尽管地域分散、信息隔绝，在文明的起源地，人们不约而同地选择了用理智和道德的方式来面对世界。理智和道德的心灵需求催生了宗教，从而实现了对原始文化的超越和突破，最后形成今天西方、印度、中国、伊斯兰不同的文化形态，它们像春笋一样，鲜活，蓬勃，拔节向上，生生不息。

在这个时代的中国文明里，稷下学宫是一个硕大棋局的重要一步。

"相比奋髯横议，投袂高谈，下论孔墨，上述羲炎。"司马光在《稷下赋》中写道。小自一个民族，大至一个国家，唯有知识分子的清醒判断，方有执政者的清醒判断，唯有执政者的清醒判断，方有国家的长治久安。这是稷下学宫给予知识分子的地位，更是这个国家给予知识的庄严与荣耀。

稷下学宫，不是一时之力，不是一时之功，而是文明积淀、文化创造的惯性使然。梁启超在《论中国学术思想变迁之大势》一文中曾满怀激情地描述春秋战国百家争鸣的情状：

> 孔北老南，对垒互峙，九流十家，继轨并作。如春雷一声，万绿齐苗于广野，如火山炸裂，热石竟飞于天外。壮哉盛哉！非特我中华学界之大观，亦世界学史之伟迹也。

颇为有趣的是，几乎就在稷下学宫轰轰烈烈将春秋战国文化带入黄金时代的同时，在遥远的希腊爱琴海边，也有一个与稷下学宫相类的学院——雅典学院，希腊雅典城邦为了培训民主制度下的演说家而开设了这家学院，学院的创办者柏拉图特地在学院门楣上铭刻"不习几何者不得入内"这一警句。雅典学院前后延续将近千年之久，造就了西方科学、哲学、逻辑的辉煌。

在东方与西方两大文明的中心，稷下学宫与雅典学院遥相辉映。

沿着西方文明的脉络，我们有了毕达哥拉斯的数学传统、几何图形的智慧训练，有了苏格拉底、柏拉图、亚里士多德的哲学体系，有了关于共和国、优生学、自由恋爱、妇女解放、计划生育、道德规范、财产问题、公有制等基础建设和逻辑讨论——正是这些，建立了西方古代文明的基本概念，也成为西方现代文明的雏形。

沿着东方文明的脉络，我们有了"以有刑至无刑"的法制观念，"无为而无不为"的道学理想，金、木、水、火、土的阴阳学说，"大道无形，称器有名"的形名之辩，"人之性恶，其善者伪也"的政治理论，"情欲固寡"的社会主张，"强兵"必先"富国"的军事哲学，"天行有常，不为尧存，不为桀亡"的伦理法则……正是这些，直接或间接地影响了战国以后的许多学派，是中国思想文化发展源头，形成了中国现代文化的核心内容。

前空往劫，后绝来尘。

梁启超用八个字来概括稷下学宫这一"历史绝唱"。

五

公元前 221 年，齐国发生了一件大事。

秦王在灭亡韩国、赵国、魏国、楚国、燕国五个国家之后，这一次，虎视眈眈地瞄准了最后的对手——齐国。

四十四年前，齐襄王逝世。其子田建即位，由母亲君王后辅政。又过了十六年，君王后去世，王后的族弟后胜执政。然而，后胜为人贪婪，在秦国不断贿赂之下，齐王建听信了后胜的主张，对内疏于戒备，对外袖手旁观，听任秦国攻灭五国。

终于到了这一天——五个国家灰飞烟灭。唇亡齿寒，物伤其类，齐王才顿时感到秦国的威胁。他慌忙将军队集结到西部边境，准备抵御秦军的进攻。

然而，大军压境，一切都晚了。

一场血流成河的战役，被压扁成《史记》中的一句话："秦王政二十六年（前 221 年），王贲率军南下攻打齐国，齐王建不战而降，齐亡。"

"秦王扫六合，虎视何雄哉！"

　　威风凛凛的秦始皇以所向披靡的力量扫灭六国，南平北越，北遏匈奴，建立中国历史上第一个统一的、多民族的、专制主义中央集权制国家——秦王朝。随后，在齐地设置齐郡和琅邪郡。稷下学宫，经历了齐桓公时期的萌芽、齐威王时期的壮大、齐宣王时期的鼎盛、齐愍王的衰落、齐襄王的再度中兴，至齐王建时，与国并亡。百家争鸣，这个学术思想自由争鸣的盛世，亦不复存在。

　　《管子·兵法》说："明一者皇，察道者帝。通德者王，谋得兵胜者霸。"通过王的威仪、霸的手段，秦始皇将皇、帝两个字联系起来，自称"皇帝"。黄、帝、王、霸合二为一，这是秦始皇的发明，也是中国历史的第一次。与此同时，"圣"亦不再是"士"的荣耀，而是皇帝的特权。天下至圣、至王、至明、至霸、至察者，唯皇帝一人而已。

　　历史的威严之中，似乎总有一些戏谑的星星之火，等待燎原。

　　在帝王称谓的背后，其实是中国历史上最大规模的集权行动，是帝王观念、帝王地位、帝王等级的实现。

"皇帝"称号代表着皇帝，更暗含着帝王与百姓之间微妙的关系。丞相王绾、李斯等上表称颂秦始皇为"千古一帝"："今陛下兴义兵，诛残贼，平定天下，海内为郡县，法令由一统，自上古以来未尝有，五帝所不及。"（《史记·秦始皇本纪》）为宣示对天下的主宰，秦始皇还在琅琊石刻中宣布："六合之内，皇帝之土。""人迹所至，无不臣者。"（《史记·秦始皇本纪》）

值得思考的是，何以固若金汤的大秦帝国仅仅存在十五个年头，便被人民反抗的怒火烧毁？

"灭六国者六国也，非秦也；族秦者秦也，非天下也。"在《阿房宫赋》中，杜牧悠悠长叹，"使六国各爱其人，则足以拒秦；使秦复爱六国之人，则递三世可至万世而为君，谁得而族灭也？"

极欲、重罚是秦始皇统一天下、诏令一统，以抵至尊至贵、无上荣光的前提，事实却并非如此简单，为了巩固大一统的封建帝国，秦始皇颁布"车同轨，书同文"的制度，丞相李斯暗暗揣测秦始皇的心意，一方面指责"愚儒"根本不理解秦始皇的"创大业，建万世之功"的宏伟志向，一方面提出如果允许诸生议论，定会

"主势降乎上，党与成乎下"，对无上的皇权构成威胁，怂恿秦始皇下令焚书：

> 史官非《秦记》皆烧之。非博士官所职，天下敢有藏《诗》《书》、百家语者，悉诣守、尉杂烧之。有敢偶语《诗》《书》者弃市。以古非今者族。吏见知不举者与同罪。令下三十日不烧，黥为城旦。所不去者，医药卜筮种树之书。（《史记·秦始皇本纪》）

如此建议，正中秦始皇下怀，秦始皇即刻同意，令行全国。

呜呼哉！顷刻之间，六国史料付之一炬，幸免于难的残篇断简已无力连缀浩荡的历史。焚书没有达到预期目的，于是第二年秦始皇又借故搞了一场坑儒，"士"从封建制度最末的一级，经历稷下学宫、百家争鸣的辉煌，复又跌落在社会的最底层。接下来的，是汉武帝的"罢黜百家，独尊儒术"，学术自由从此被扼杀，学术争鸣和社会发展随之停滞。

焚书坑儒是中国历史上最黑暗的一页。焚书的目的，在于打击学术争鸣，窒息理论思维；坑儒的目的在于，让服务官僚体系的野蛮恣意生长。

对自由的钳制，对思想的荼毒，对知识分子至圣境界的掠夺，让中国思想文化的天空陷入漫漫长夜。

明末清初的大思想家顾炎武在《日知录》中曾经有一个著名的论述：

> 有亡国，有亡天下。亡国与亡天下奚辨？
> 曰：易姓改号，谓之亡国；仁义充塞，而至于率兽食人，人将相食，谓之亡天下。

翻译成今天的话就是，改朝换代，种姓轮换，不过是"亡国"而已，算不了什么；然而，廉耻丧尽，斯文扫地，这叫"亡天下"，是天翻地覆的大事。

"铁面御史"的权力善意

——赵抃"中和之政"之于今天的意义

赵允芳

在北宋瑰丽的文化历史天空下，赵抃并非有着明星范儿的文学大家，也非炙手可热的政坛领袖，但在他身上，却可以读到宋朝独有的御史、台谏文化，读到今日政治迫切需要的善意从容，读到一个人为人处世的举重若轻。

赵抃，字阅道，浙江衢州人。今人常用来形容为官清廉之"一琴一鹤"，即典自赵抃。比起赵抃的廉，赵抃还以严著称。因为弹劾不避权贵，他被当朝人士誉为"铁面御史"。

但我们今天重读赵抃，并不重在他的严苛。事实上，他并不总以铁面冷脸示人，反而在地方执政时，屡以"中和之政"释放权力善意，其主政风格甚至达到了"不落言筌"的境界。由于长期在地方为官，他还形成了一套独有的"政绩观"，这些即便在今天，也有其重要的借鉴意义。

只可惜，今人对赵抃知者无多，我们且从一张脸说起。

包青天的脸，是赵抃的脸

北宋历史上，有一张出了名的黑脸。

那是一张黑中透紫的脸。

好人见了拍手，坏人见了发抖。

戏剧舞台上的"包青天"，不仅脸黑，且比常人不同，多了一枚月牙儿。据说，这代表他能跨越阴阳两界，日审阳间，夜审阴间。民间甚至传说他死后成了地狱中第五殿的阎罗王。但历史上的包公，却是白面书生形象，与民间演绎大相径庭。反倒是和他同朝为官的赵抃，因为肤色黝黑，加之"弹劾不避权幸，声称凛然"，被时人誉为"铁面御史"。也就是说，是后来的说书弹唱艺人，为了舞台形象的个性塑造，进行了一次乾坤大挪移，把赵抃的一张"铁面"，借给了包拯，经过数百年的演绎，终于将他打造成了中国的"福尔摩斯"。

而这一借，就是千年。

舞台上的"包黑子"，可谓历史上包拯和赵抃的合体。包公戏如今已蔚为大观，而这一著名艺术脸谱的人物原型，却日益被遮蔽、遗忘在历史的尘埃里，实在是不应该的事情。

据史书记载，与包拯、赵抃同朝为官的王安石，也是出了名的皮黑。《宋史》说他："面黧黑。"太医和同僚下属，都曾向他献方子，介绍他用澡豆和芫荽反复洗脸，可有效美白。但王安石是出了名的不爱洗脸，对于美白护肤品更不理会，且振振有词："天生黑于予，澡豆其如予何！"只可惜，他虽脸黑，后来在舞台上的形象却成了一个白面奸相。甚至在明人话本小说中，其名字沦为民间老妪用来召唤鸡豚吃食的代称，可见误解至深、屈辱之至。

北宋历史上的两张黑面孔，一被借走不还，一被扭曲污名，可谓憾事。

"合体"的由来

北宋对于御史、监察官员的遴选任用，是极为挑剔严格的——

非端劲特立人士不授！

就是说，倘若不够正直，没有锐气和斗志，缺乏不同流俗的眼光和特立独行的品格，那么，这样的人，是没有资格被授予此类官职的。诚如苏轼所说："是时将用谏官御史，必取天下第一流。非学术才行备具、为一世所高者不与。"而一旦被皇上所认定，则"用之至重"，"故言行计从，有不十年而为近臣者"。

后世艺术创作之所以会将包拯和赵抃二人"合体"，是因为他们同为"端劲特立人士"和"一世所高者"。在很多方面，两人确也有惊人的相似之处。

比如，他们都因弹劾官员、作风强势而出名。

御史一职，负责纠察朝廷、百官过失，这一职务赋予了他们"文官死于谏、武将死于战"的文化自觉，也注定御史一般都有着耿介直爽严格自律的性格特征。如《宋史》说包拯"与同僚不苟合"，"不伪作辞色悦人"。而赵抃则是"弹劾不避权幸，声称凛然……"御史每日所听所看所奏，应该都不是什么令人愉快之事，脸上也就难得有笑容，很容易令人心生敬畏。心里有鬼的官员，更是避之唯恐不及。

总之，很难想象，一个一团和气的人，能成为一名合格的御史谏官。

包拯性情刚毅峭直，心事都堆在脸上。北宋官场当时甚至流行着这样一句话："包拯笑比黄河清。"意思是说，要老包笑一下，简直比看到黄河水重新反清还难！据统计，遭他弹劾，并因此被罢免、降职的大臣贵戚不下 30 人。在他做监察官期间，"贵戚宦官为之敛手，闻者皆惮之"。

最有意思的是，并没什么过错的宰相宋庠也遭到了包拯的弹劾，理由是身为社稷重臣，无功即是过。包拯认为，宋庠才干平庸，政治上毫无建树，是不能胜任宰相一职的。

关于包拯，当时还有一个流行词："包弹"。不曾被包拯弹劾过的官吏，就叫"没包弹"，说明其为官清正，至少没被包拯盯上；而那些被包拯揪住不放、快火猛攻的贪官污吏，自然就成了"有包弹"。

"包弹"二字，威力堪比炸弹。

赵抃比包拯小九岁，先后担任过殿中侍御史、知御史杂事、右司谏等职。苏东坡对赵抃的印象是——

长厚清修，人不见其喜愠。

赵抃之所以以"铁面御史"名动朝野，一方面是指他确实皮肤黑，另一方面也是对其秉公执法、铁面无私之谓。赵抃在御史一职上可谓恪尽职守，弹劾官员过错，并不因其权贵地位而有所徇私。对于政治上有"硬伤"的官员，他的办法是一路穷追猛打，直到皇上下令彻查彻办。如他曾连上十二道奏章，弹劾当朝宰相陈执中纵妾行凶，连夺三条无辜性命。而在皇帝一味偏袒无果的情况下，他第十三次上书皇帝，这回他却是弹劾自己。他为自己没能履行好御史职责，以至于使"不学无术，且多过失"的宰相仍尸居其位而没受到相应处罚，这是他作为言官的无能，他为此请求皇上责罚自己。这下，皇上才不得不罢免了陈执中的相位。而京城上下无不欢呼，"铁面御史"的称号也由此传开。

包拯、赵抃另一共同之处是，都不贪图物质享受，清廉自律几乎到了自苦自虐的地步。

关于包拯清廉的美谈，莫过于"不持一砚"。

宋朝艺文立国，文房四宝成为文人雅士的必需品。包拯在端州做官时，很多人都盯上了他，索求当地特产端砚。端砚也历来是当地执政官员向上巴结贿赂的最好礼品，所谓雅贿是也。甚至为了彰显政绩、得到朝廷青睐，一些地方官主动在贡砚规定的数量外，额外增以几十倍的数额，用以讨好、笼络，增加一己的人脉。当地百姓却为此苦不堪言。包拯上任后，下令每年只按规定贡砚数量生产端砚，并以身作则，公开声明自己在三年任期内决不会从端州带走一块砚台。

包拯病逝后，宋仁宗亲自前去吊唁，目睹包拯"居家俭约，衣服器用饮食如初宦时"的情形，大为感叹。包拯专门留下遗嘱，要求后代子孙如果有做官的，若有贪腐行径，死后则一律不得葬在祖坟地里——

不从吾志，非吾子孙也。

而对于赵抃之廉，史载其"平生不治赀业，不畜声伎……施德茕贫，盖不可胜数"。最有名的，是他"匹马入蜀""一琴一鹤"的典故由来。

蜀道难，难于上青天。赵抃一生，却四次入蜀为官，每次去来，只携一琴一鹤、一仆一马，别无长物。一次，赵抃入蜀，途经四川一条江流时，发现江水特别清澈，不由得抒发心志："吾志如此江清白，虽万类混淆其中，不少浊也。"这条江后被称为清白江，赵抃也由此为蜀地留下了宝贵的"清白文化"，至今成都仍有纪念他的"琴鹤广场"。

他从成都还京，宋神宗亲自召对，忍不住赞他——

> 闻卿匹马入蜀，以一琴一鹤自随，为政简
> 易，亦称是耶？

赵抃清苦自律，几乎每天晚上，都要做同样一件事——

> 日所为事，入夜必衣冠露香以告于天。不
> 可告，则不敢为也。

多年来，他养成了一个习惯：每晚都整理衣冠，露

天焚香，把自己一天的所作所为，恭恭敬敬向上天禀告。因此，当他在白天进行决策时，如果感觉此事将无法向老天交代，他就立即放弃不做。

比起很多贪腐者的"不可告人"，赵抃的"告天"之举，更衬出他的清醒和清澈。宰相韩琦赞誉赵抃"真世人标表"，并表示自己望尘莫及。

正因为历史上的赵抃和包拯多有相似，才给后世的艺术创作提供了合并演绎的空间。

"其政闷闷"与"其政察察"

但赵抃和包拯又有很大的不同。

其一，两人性情不同。一个刚峻峭直，一个宽严相济。

史载，包拯"平居无私书，故人亲党皆绝之"。他原则性太强，以至于亲朋故友都和他没什么来往，包拯终其一生都没什么私人信件。

而无论是在地方上主政一方还是做监察官员时，包拯身上都更多地体现了执法如山、不分亲贵的"法家"

精髓。法家向来主张"缘法而治","刑过不避大臣，赏善不遗匹夫"，又尤为强调"君臣上下贵贱皆从法"，以及"法不阿贵，绳不挠曲"。正因如此，当时的北宋官场闻"包"色变，流传着"关节不到，有阎罗包老"的说法。意思是说，阴阳两界，只有两个人是绝对疏通不了的，一是阎王，二为包拯。后世演绎的包公戏，也屡屡强化了他"以法律提横天下"的硬汉形象，但这难免给人冷酷冷血六亲不认之感。南怀瑾在《老子他说》中，就表示：

> 包拯这张冷面孔，连他的家人都不敢和他说话，那真是阎王面孔。以我个人的看法，此人为官，我会恭敬他，因为公正廉明，是一位极好的清官。可是，我绝对不愿和他做朋友，因为他一点风趣都没有……

后世包公戏对于包公"法家"面目的塑造，并非妇孺皆知的《打龙袍》，而应是《铡包勉》——前者恰恰并不能完全凸显他"不别亲疏，不殊贵贱，一断于法"

的法家精神，反倒从另一个角度为宋仁宗这位历史上有名的老好人皇帝树了碑立了传。《铡包勉》一戏才是对其肉身的一次登峰造极的神性演绎。包公斩包勉，一方面体现了他的执法如山，另一方面却又使自己陷入了不仁不孝的传统道德困境。这样的矛盾和冲突，自然使这部戏充满了张力和看头。尽管这个著名的故事属于虚构，并非史实，但它的出笼，却将包拯稳稳推向了神坛。

一如胡适所说：

> 历史上有许多有福之人。一个是黄帝，一个是周公，一个是包龙图……包龙图——包拯——也是一个箭垛式的人物。古来有许多精巧的折狱故事，或载在史书，或流传民间，一般人不知道他们的来历，这些故事遂容易堆在一两个人身上。在这些侦探式的清官之中，民间的传说不知怎样选出了宋朝的包拯来做一个箭垛，把许多折狱的奇案都射在他身上。包龙图遂成了中国的歇洛克·福尔摩斯了。

赵抃虽为"铁面御史"，在他身上，却更多地杂糅了儒家思想与释家情怀。他事事讲求原则，却又时时心怀柔慈。苏辙在其《太子少保赵公诗石记》一文中，仅寥寥数语，就清晰勾勒出了赵抃的真实"画像"——

其容璀然以温，其气肃然以清。

在他的"铁面"底下，其实有一颗柔软的心。

进与退，决绝与通融，"璀然"与"肃然"，在他身上水乳交融，以至于他"言事虽切，而人不厌"（**苏轼语**）。

但或许正因他做事不极端，才缺乏被后人想象和神化的空间。从各种典籍中一点点汇总赵抃的事迹，你只觉得他是一个可敬亦可亲之人，有着今天所谓"暖男"的很多特质。

其二，赵抃、包拯二人的主政风格也大相径庭。

为何今人只知包拯，不识赵抃？

这个问题似乎有点较劲，但值得展开来探讨。

老子曾经在《道德经》里对官员政绩的考核提出了

一个极为重要的看法——

> 其政闷闷，其民淳淳；其政察察，其民
> 缺缺。祸兮福之所倚，福兮祸之所伏。孰知其
> 极。其无正，正复为奇，善复为妖，人之迷，
> 其日固久。是以圣人方而不割，廉而不刿，直
> 而不肆，光而不耀……

从这段文字里，或许可以为上述疑问找到一个说得
过去的答案。

"其政闷闷"，这里的"闷闷"，大致意思是：为政
宽厚，不斤斤计较。而"其政察察"，则与"闷闷"相
对应，意谓洞察秋毫，严厉苛刻。

"其政闷闷"者，大约属于虽不急功近利却也不太
有存在感的那一类官员。但既然是出来"混"官场的，
哪个官员不想用骄人的政绩向上邀功请赏以求青云直
上？更何况，"其政察察"者，还往往能成为百姓眼中
的能人、好官，为后世所乐道、传扬……

老子却不以为然。

为何？

在老子看来，"闷闷"其政者，虽然表面上没有处处凸显出官员的才干和权威，其结果却可以养成"其民淳淳"的一方风气。这句话的内在逻辑是，官员不逞才任性，不贪功急进，也就不会出现一系列光鲜亮丽，却很可能劳民伤财、败絮其中的所谓面子工程、政绩工程；相形之下，"察察"其政者便愈显其坏处。官吏太过强势强干，结果往往很难造就清明盛世，反而容易引发"其民缺缺"的恶劣后果。所谓"缺缺"，是指百姓腹诽怨怒不满足。

老子此说，实际与西方"小政府、大社会"的执政理念殊途同归。千人千面，民间万象，政府和官员不可能事无巨细地包揽到底，因此，与其一味强化政府职能，无止境地细化各种规章条例，不如推动社会自治、民心自律。这期间，自然会产生多种问题，但这就像一个人应当允许自己的肌体偶尔出点小状况，反倒有助于调动体内排毒和自愈的细胞活跃是一样的道理。小的问题只有不断涌现和暴露，才不会汇成更大的暗流和隐患。

南怀瑾对"察察"和"闷闷"的两种管理效果进行了比对，并特别提到汉朝的"文景之治"：因为汉文帝为人厚朴，受老子"无为而治"的启发颇多，经过几十年的不治而治，使得刑罚宽松，不必动辄施刑，监狱几乎完全空了，政治清明，百姓的小日子也都其乐融融。

总的来说，对于包拯和赵抃，有限的史料依稀给世人留下了不同的印象：一个是处处有所作为，一个是处处有所不为。强劲有为者，自然获得更多的掌声；避功不为者，自然不容易披显政绩。但有时评价一个人的政治才能，不仅要看其有所作为的一面，也要观其有所不为之处。

宋神宗曾对赵抃的执政风格予以"为政简易"的总评。这其中，最能突显赵抃主政风格的，就是他独特的政绩观。

赵抃每到一处，往往喜欢先去当地监狱转一圈。当其时，很多地方官都习惯于把犯人多、监狱满视为政绩的一种。赵抃却不这么看。

据冯梦龙《智囊》记载：

> 赵清献公抃出察青州，每念一人入狱，十人罢业；株连波及，更属无辜；且狱禁中夏有疫疾湿蒸，冬有皴瘃冻裂；或以小罪，经年桎梏；或以轻系，追就死亡；狱卒囚长，需索凌辱，尤可深痛。时令人马上飞吊监簿查勘，以狱囚多少，定有司之贤否。行之期年，郡州县属吏，无敢妄系一人者。

在赵抃看来，如果监狱里人满为患，不仅不说明执政官员能干，反而是能力差的表现——你没本事感化民风，让社会安定，只能靠强力拘捕，却因此束缚了大量劳动力，直接影响了当地的生产、生活，使百姓怨尤不断，陷入哀苦境地。要知道，一人入狱，往往意味着"十人罢业"，再加上其他被株连的，在监狱里因伤因病而致残致死的等等，对于民生、民心都是难以修复的伤害。对此，赵抃的观点鲜明："民有可与与之，狱有可出出之。"

赵抃主政一方，最不喜欢大权独揽。他充分放权，调动各地方官的积极性，广泛施行其"崇学校，礼师儒",以及"财利于事为轻,而民心得失为重"等的执政理念,以至于各地出现"狱以屡空"、百姓安居的可喜局面。

但其政"闷闷",绝非"懒政"的借口,而是指在常态下有所不为的主政理念。一名主政官员,如果能处处体现"以民为本",顺应民意,不扰民,不残民,自然就民风淳朴,人心和谐。但一旦遇有旱涝灾害甚至兵变等重大突发事件,就不能再"闷闷"不为了,而是要在不虞而至的天灾人祸面前,及时干预,敢于作为。

1053年,安徽濠州遇到洪涝灾害,知州孔潢表面上开仓赈灾,却暗中渔利,不仅没有平息民怨,还导致救灾的士兵吃不饱肚子。官兵大为不满,群情激昂,决定发动一场兵变,杀州官,夺州城。正在泗州殚精竭虑治理淮河的赵抃,被紧急调往濠州做代理知州。面对一众杀气腾腾的兵勇,他不忙不乱,先调拨了部分粮食送往军营应急,而后安抚民情,在平抑粮价、保障耕种上做了大量细致有效的工作,很快化解了一场严重的危机。

"唐宋八大家"之一的曾巩,专门撰写了《越州赵公救灾记》一文，极力褒奖了赵抃知越州之时，对于另一次天灾的应变和善后能力。

那是公元 1075 年夏，吴越富庶之地遭遇了一场前所未有的大旱和疫情——

死者殆半，灾未有巨于此也。

恰逢赵抃以资政殿大学士的身份知越州。此时，他已是一位六十八岁的老人。以其多年主政地方的经验，他未雨绸缪，提前预估到了这场旱灾的严重程度，在整个救灾、重建的过程中，无不体现了赵抃卓远的识见和卓越的管理才能。他先是给下属各区县发出紧急通知，要求对受害程度和范围进行统计，并紧急筹备粮食给养。在官粟短缺的情况下，又广泛发动富人和寺院募捐赈灾。为稳定民心，尽快恢复，他召集灾民三万八千人修缮各项公共设施，并付给他们双倍的工钱。大灾过后必有大疫，赵抃又广设"病坊"，安抚疾患、无归者。十僧九医，寺庙也成了临时医院，僧人们每天熬粥施药。整个救灾工作可谓有条不紊，每一个环节都是忙而有序。最后，使得"生者得食，病者得药，死者得葬"，可谓把灾害的负面影响降至最低点。

曾巩由此慨叹："其施虽在越，其仁足以示天下；其事虽行于一时，其法足以传后世。"

权力和善意的结合

多年的言官御史，很容易使人陷入激愤和挑剔的情绪里。赵抃虽一向以铁面无私著称，却并没有使自己变得苛刻乃至尖刻。赵抃为政简易的另一标志，是他处处顾念大局，处处彰显善意。

明代张居正有一个很重要的用人观念——

宁为循吏，不做清流。

"循吏"一说，出自《史记》"循吏列传"，多指埋头实干型的官员。而"清流"者谓，是指忠君爱民、德行高洁、好针砭时弊的清议人士。欧阳修在其《朋党论》中有"此辈清流，可投浊流"的说法，民间多对那些注重个人品德修为的官员寄予热望，将清流视为抵御官场腐败风气的抗衡力量。张居正却从一个政治家的角度，认为清流人士大多耽于清议，却缺乏实际行动能力。在他看来，做大事不拘小节，过于理想主义，处事则不免拘泥、死板。如他评价海瑞"秉忠亮之心，抱骨鲠之节，天下信之。然夷考其政，多未通方。只宜坐镇雅俗，不当重烦民事"。在张居正看来，清流可以树立为道德模范，所谓"坐镇雅俗"，但也仅此而已。一个人如果于人于己，太过于苛刻挑剔，行为太过乖张，其举止背后，往往深藏着太过注重个人名器而不顾大局利益的私心本念。在复杂交错的政治环境和价值评判体系中，道德高标，并不能解决所有的现实问题。

历史上，不少帝王对于官员的任免也皆有自己的一套心得。如康熙就谈过一个观点："清官多刻，刻则下属难堪。清而宽，方为尽善。朱子云：居官人，清而不自以为清，乃为真清。"

言官御史的职业特性决定了很容易遭人厌烦，令人畏惧。但赵抃为人，却是"和易温厚，周旋曲密，谨绳墨、蹈规矩，与人言，如恐伤之"。他批评朝政，弹劾官员，从上到下却都心服口服，诚如苏轼此前所说的令人"不厌"，做到这一点，仅凭巧智，无疑是不够的，还需要正气、胆气以外的善意和暖意。我们也正是由此看出赵抃"清而宽，方为尽善"的政治修为和人格魅力。也因如此，皇帝对他"用之至重"，有时竟达到"言行计从"的地步。

苏轼高度评价赵抃身上兼有"东郭顺子之清、孟献子之贤、郑子产之政、晋叔向之言"，赞其既有言官风骨，又能清而有容、顾全大局，堪称一代完人。

他在京做言官时是这样，在外主政一方也处处彰显善意。

《宋史·赵抃传》对他的记载中不断出现一个"宽"字，读来令人每有春风拂面之感——

他加龙图阁直学士、知成都之时，每每"以宽为治"。后来再次入蜀，又是"治益尚宽"。而"虔（州）素难治，抃御之，严而不苛"……

以至于英宗感喟不已——

赵抃为成都，中和之政也。

如果说一个人能做到"为人之正""为官之清"已属不易，那么，要做到施政"中和"，尤属难得。尤其是对于一名以弹劾和找茬为己任的言官御史，则更是一种难以企及的高度与境界。做到这一点，需要极为清醒的政治头脑和宽厚的人文情怀。

"中和"二字里，有大学问。

河朔地区诏募义勇，因为逾期没能完成预定的指标，当地八百多名大小官吏都面临被处罚的命运。赵抃查明情况后紧急奏报，解释说是因为当地大丰收，农家子弟都忙着抢收粮食，由此而耽误了募勇任务。他"请宽其罪，以俟农隙"。

他体贴下属，也不伤农。

他对人宽厚包容，有时简直成了滥好人。

在泗州通判任上时，"泗守昏不事事，监司欲罢遣之"。当地主政的太守资质平庸，碌碌无为，负责监察此地政情的转运使，准备回京弹劾这位无能的太守，让他回家卖红薯。

一把手即将被弹劾，卷铺盖走人，岂不是一众副手翘首以盼的重大利好？

可是作为二把手的赵抃呢？

> 公（赵抃）独左右其政，而晦其所以然，
> 使若权不己出者。守得以善去。

通判是地方行政长官的副手，但同时负有监察和弹劾的职权，以对地方形成制衡。这位赵通判，却在得知转运使要弹劾太守的想法后，从中极力转圜，主动承担起了很多重要政务，并把政绩暗中全部归到太守的头上，终于让转运使消了气，那位太守也因此得以"善去"。

赵抃对泗州太守的宽容庇护，与其"铁面御史"的称号可谓大相径庭，也与官场正副手之间尔虞我诈甚至不惜设局陷害的"常规"相悖。他为了"包庇"一个庸碌的上司，甚至不惜使用"造假"手段，来苦心维护其所谓贤能的假象。却是为何？

是善意。

赵抃做京官时，时常向皇帝谈及君子、小人之分。他有一个最基本的观点：小人虽犯了小过失，也"当力排而绝之，后乃无患"；但假如君子有了某些瑕疵和诖误，则不必过分追究，反而是"当保持爱惜，以成就其德"。

　　在赵抃看来，小人即便犯了很小的过失，也不可原谅。要对小人始终怀以严苛之心，否则便给他们造成可乘之机，导致无穷后患；君子仁人却不同，即便他们有了什么过失和贻误，也当宽大为怀。因为君子之所以为君子，就在于他们有自律机制，会时时通过内省来自我矫正，不至于产生更为严重的后果。

　　也正是出于这种君子、小人的基本判断，他才会对虽然庸碌但还算君子的泗州太守暗中相助，以成全其德。

　　赵抃不仅对上司善意周全，对下属乃至犯人也是备加呵护。

　　赵抃在通判宜州时，当地监狱刚刚收押进来一名杀人犯。这名犯人"病瘫未溃"，眼看就要死于伤口感染。狱头却听之任之，冷漠表示，反正是个行将处决的死因，管他伤口溃烂不溃烂，随他去。赵抃得知此事，却立即命狱医给犯人治疗，使死囚的病情得到了控制。不久，朝廷大赦，这个犯人竟大难不死，被放出了监狱，活了下来。苏轼特意将这件事记录下来，赞叹赵抃"爱人之周，类如此"。

"铁面御史"，倘一味以"铁面"示人，难免令人畏之如虎，敬而远之。赵抃与旁人的不同，在于他虽"时出猛政"，却"严而不残"，"其在言责，不专于直。为国爱人，掩其疵疾"。他一方面对贪官污吏诸般"小人"穷追猛打毫不手软，另一方面，对上不卑、对下不亢，尤其对弱势群体平等相处、关爱有加。

铁骨铮铮自然难得，铁血柔情更为动人。

善意和暖意，是赵抃身上最为可贵的品质。

与周敦颐的一段曲折交集

赵抃和宋明道学的开创者周敦颐之间，有一段特殊的交集。

《宋史·周敦颐传》记载了他俩由误会、隔阂而至相知的一段曲折动人故事——

> 周敦颐,字茂叔,号濂溪……以舅龙图
> 阁学士郑向任,为分宁主簿……部使者赵抃惑
> 于谮口,临之甚威,敦颐处之超然。通判虔
> 州,抃守虔,熟视其所为,乃大悟,执其手
> 曰:"吾几失君矣,今而后乃知周茂叔也。"熙
> 宁初,知郴州。用抃及吕公著荐,为广东转运
> 判官,提点刑狱,以冤泽物为己任,刑部不惮
> 劳苦虽瘴疠险远,亦缓视徐按。以疾求知南康
> 军,因家庐山莲花峰下,前有溪,合于江,取
> 营道所居濂溪以名之。抃再镇蜀,将奏用之,
> 未及而卒,年五十七。

赵抃正直无私,名声在外。周敦颐任合州判官时,
赵抃正好巡察至此,有人便向他打小报告说周敦颐此人
是因为靠着舅舅、龙图阁学士郑向的关系才做的官,且
素喜清谈,不切实际。赵抃"惑于谮口,临之甚威",
对周敦颐态度堪称严厉。但周敦颐"处之超然",并不

急于解释什么。

嘉祐六年（1061），二人同到一地任职。赵抃时为南康郡守、虔州知州，周敦颐来得稍晚一些，为虔州通判。二人一正一副，成了搭档。赵抃冷眼旁观了好一段时间，终于发现，担任他副手的周敦颐并非此前所听到的不学无术之辈，而是"政事精绝"，处理公务极为果断务实，且有思想有才华。他的心里豁然敞亮，主动上门，拉着周敦颐的手，坦诚道："谗言误我，差点失去你这样的人才啊！"

消除了误会之后，二人携手治理地方，尤其在大兴教育上达成共识，一起传道授业，共同成就了虔州政治清明的一段珍贵历史。后人为纪念赵、周二人功德，在他们当年讲学处建了一所书院，书院的名字就从赵抃的谥号"清献"，和周敦颐的号"濂溪"中各取一字，称之为"清濂书院"。

周敦颐享有盛名的《爱莲说》，就写成于虔州时期的嘉祐八年五月。

这一年，周敦颐四十七岁。

《爱莲说》全文仅一百一十九字，长度只类似今人的一条微博，但其内涵深刻丰厚。周敦颐将莲喻作百花中的"君子"，对莲之"出淤泥而不染，濯清涟而不妖，中通外直，不蔓不枝"的提炼，其影响至为深远，几成世代士大夫的精神写照。

周敦颐还有仅只二百四十九字的《太极图说》，融合了儒道思想，提出"无极而太极"的宇宙观，认为"万物生生而变化无穷焉"，而这其中，"惟人也，得其秀而最灵"。突出人为万物之灵的地位。他的理学思想后得到朱熹等人的光大，被誉为"先觉"。

虔州时期，二人多有诗词酬和。如赵抃曾诗赠茂叔——

蜀川一见无多日，赣水重来复后时。
古柏根深寒不变，老桐音淡世难知。
观游邂逅须同乐，离合参差益再思。
篱有黄花樽有酒，大家寻赏莫迟疑。

赵抃将周敦颐比作"古柏""老桐"，比喻他的意志和淡泊。

也由此可见两人相知之深。

赵抃后被朝廷另任他职，临别之际，周敦颐给他饯行，并一路送至城外。在香城寺，周敦颐提笔写下《万安香城寺别虔守赵公》一诗，抒发自己的离愁别绪——

> 公暇频陪尘外游，朝天仍得送行舟。
> 轩车更共入山脚，旌旆且从留渡头。
> 精舍泉声清漱漱，高林云色淡悠悠。
> 谈终道奥愁言去，明日瞻思上郡楼。

赵抃也和诗一首：

> 顾我入趋峣阙去，烦君出饯赣江头。
> 更逢萧寺千山好，不惜兰船一日留。
> 清极到来无俗语，道通何处有离忧。
> 分携岂用惊南北，水阔风高万木秋。

赵抃此诗便是盛赞周敦颐的思想言论有如莲花一般脱俗高洁，其思想认知也远高于常人，因此安慰他，何必在意这一次小小的离别呢。

此诗也颇能说明赵抃心胸之开阔高远，性情之豁达豪迈。

赵抃回到朝中，曾数次举荐周敦颐。最后一次，他正以资政殿大学士的身份再知成都，他很快得知周敦颐辞官归隐庐山莲花峰下的消息，立即奏请朝廷，如此人才，务请重用。可惜这一次未及赴任，周敦颐便因病去世，享年五十七岁。

与"三苏"相与莫逆

"三苏"可谓中国文化史上的三座大山，而赵抃则堪称其伯乐，他们也因此终生莫逆。

赵抃是苏洵的发现者和提携者。赵抃第二次赴蜀州，任成都府路转运使。恰逢苏轼母亲去世，"三苏"皆由汴京赶回眉山奔丧。"三苏"当与赵抃初见于三年守制期间。当时，苏轼、苏辙兄弟都已参加过了进士科的考试，且同时及第。但当时苏洵在官场上颇为失意，汴京的政要似乎并不太接受他为人为文的强悍风格。赵抃宽慰他，并很快向朝廷举荐苏洵为试校书郎。苏洵为此专门写下《谢赵司谏书》，感动于赵抃能"举人而取于不相识之中"。

赵抃又因特别看重苏轼兄弟的才华，特意将二人从眉山带到成都自己的府上，给他们提供优厚的府学环境，为翌年十年一次的殿试做准备。后来俩兄弟进京，在殿试中果然一鸣惊人。这其中，赵抃的慧眼识才和尽心扶助，可谓功不可没。

对于赵抃的这份情谊，"三苏"父子终生感铭。后来，苏轼、苏辙兄弟俩也与赵抃的儿子延续了父辈们的这种友爱。

赵抃晚年还乡，苏轼专门写了一首《赵阅道高斋》，诗以赠之——

> 见公奔走谓公劳，闻公隐退云公高。
>
> 公心底处有高下，梦幻去来随所遭。
>
> 不知高斋竟何义，此名之设缘吾曹。
>
> 公年四十已得道，俗缘未尽余伊皋。
>
> 功名富贵俱逆旅，黄金知系何人袍。

超然已了一大事，持冠而去真秋毫。
坐看猿猱落罝罔，两手未肯置所操。
乃知贤达与愚陋，岂直相去九牛毛。
长松百尺不自觉，企而羡者蓬与蒿。
我欲赢粮往问道，未应举臂辞卢敖。

苏轼对赵抃“超然”与“贤达”的境界给予了极高评价。

今天重读赵抃，苏轼的《赵清献公神道碑》是一份不能错过的重要历史文献。而它得以成文存世，本身亦正是赵抃与“三苏”情谊的见证。

以苏轼的性情，他是不愿写官样应酬文章的，尤其不喜欢给逝者写墓志铭、神道碑，以免给人留下“谀墓”之名。苏轼甚至专门写过一个《辞免撰赵瞻神道碑状》，明明白白告诉皇帝：“臣平生不为人撰行状、碑铭、墓碑，士大夫所共知。”赵瞻，在北宋政坛向有“忠厚君子”的清誉，与苏轼也同属王安石新法的反对者，并由此受到了执政者的打压。苏轼却并不因此违背自己的意愿，断然拒绝了皇上请他为赵瞻撰写神道碑的旨意。而苏轼后来却自觉自愿地为赵抃写下了一份长达数千言、兼具深情与文采的神道碑碑文，由此足见赵抃在苏轼父子心中的分量。

"一琴一鹤"的真正意涵

"一琴一鹤"，是赵抃留给后人的美丽背影。

这背影虽已千古，却不仅没有在历史的烟尘中模糊远去，反倒日趋生动清晰。那高古清雅的琴声仿佛正穿越时空而来，白鹤也似载着一位面目清癯的老者，向我们翩然振翅。

对于赵抃的"一琴一鹤"，很多人会作"闲云野鹤"的清高散逸之思。

却完全不是这样。

清献公的"一琴一鹤"，首先当指其为官之廉、为政之和。苏轼曾与赵抃的次子诗书唱和，并在《题李伯时画赵景仁琴鹤图》上欣然题诗："清献先生无一钱，故应琴鹤是家传。"一语中的赞扬了赵公的清廉。

赵抃终其一生，四十多年都在外宦游，他三任知县、七任知府、三任转运使，辗转大半个中国。尤其是他四上成都，来去皆两袖清风，以至于"蜀人既闻公来，男欢于道，女欢于灶"。退休后，他和儿子重游当年任职的杭州，"杭人德公，逆者如见父母"，引起不小的轰动。而所谓"逆者"，是指那些他在杭州做知州时惩处过的蠹贼。当时杭州治安极为混乱，但他采取宽严相济、有张有弛的办法，对为首的施以严惩，对从犯则予以感化和教育，使他们迷途知返，走上了正途。多年后，他们已大都自足自立，事业有成，此番再见赵公，自然有着如见再生父母一般的亲切与感恩。而这也正是赵抃"中和之政"的一个有力印证。

其次，"一琴一鹤"还意味着赵公为人有情趣，不死板。这一点，恰恰是我们解读赵抃何以能做到为官"清而宽"这样一个常人难以企及的高度和境界的关键。

何以见得？

一个人，倘若只是一味倔强和硬气，没有丝毫柔软的情感质地，则未免精神、体格上都显得瘦硬干瘪，了无生气。这样的人，处理工作或在生活中，也难免举重若重、死板拘泥，难有春风化雨的情怀魅力。

曾国藩在其家训中说过这样一句话："养活一团春意思，撑起两根穷骨头。"他另外还有："终身有忧处，终身有乐处。"也是同样的道理。他是要告诫自己的后辈子孙：人既要活得有意义，也要活得有意思。要懂得刚柔进退，所谓"刚柔互用，不可偏废。太柔则靡，太刚则折"。

这话大可玩味。

赵抃所处的北宋，士大夫生活极为优越奢靡，这与赵匡胤开国时的力倡有关。他一方面"杯酒释兵权"，将大权集于一身；另一方面为了安抚贵胄功臣，便鼓励他们及时行乐，尤其要"多择好田宅市之，为子孙立永久万世之业；多置歌儿舞女，厚自嘻乐，以终天年"。因此，北宋的官员，家里蓄养几个歌姬舞女，政务之余耽于耳目声色，是最平常不过的事情。赵抃虽精神物质上严格自律，但也绝非苦行僧，不拒绝必要的休闲娱乐。但与一般官宦贵胄不同，他自有一套"声色"娱己的办法，这就是"一琴一鹤"。

《宋史·赵抃传》有一句话特别值得注意——

王事间歇，时弹古曲以和平其心志。

勤政之余，他推开堆积如山的公函文件，来到窗前，一个人静静地拨弄琴弦，寄托乡思；或到院中伫立，观白鹤在风中起舞，飞扬思绪。这些，比之喧嚣的歌舞欢声，也许更能排解工作上的烦闷，颐养一个人的性情。音乐和音乐是不同的，有的诱人沉溺，有的催人亢进，赵抃则是以美妙的琴音来调养自己的情志气息，达到内心的平和完满。这恰恰是赵抃能达到"中和之政"的关键。

一个人如果在生活中也总是把自己绷得很紧，缺少一些必要的松弛和消遣，那么，很难想象他处理起公务来，也能以其温润和从容，处处彰显善意，处处留有余地。

一琴一鹤，一静一动，是赵抃对其人生的一组诗意留白。

而除了琴鹤，赵抃的兴趣爱好还有很多。如他喜欢写诗，书法也很不错，苏辙曾赞叹赵抃的诗书"清新律切，笔迹劲丽，萧然如其为人。益老而益精，不见衰惫之气"。

台北故宫博物院现藏赵抃写于至和元年（1054）的《山药帖》，实则是一封书信，答谢河阳一位友人馈赠的南都山药。从信札中可以看到，他还来而有往，随信寄赠这位友人四十颗海柑。从这件小事来看，赵抃一生清白廉洁，但他并不生硬。他为人为官的温厚周密，实则建立在对于人性与世事的洞悉之上，一如赵抃当年入蜀时途经清白江时所说，水流的清澈并不难得，难得的是"虽万类混淆其中，不少浊也"。

赵抃一生诗作七百二十首。且读赵抃的《题杜子美书室》：

> 直将骚雅镇浇淫，琼贝千章照古今。
> 天地不能笼大句，鬼神无处避幽吟。
> 几逃兵火羁危极，欲厚民生意思深。
> 茅屋一间遗像在，有谁于世是知音？

他造福成都，正是杜甫"欲厚民生意思深"的知音。

赵抃七十二岁时，以太子少师致仕，回到衢州老家后所写的《高斋居住》，也为很多人所称道：

> 腰佩黄金已退藏，个中消息也平常。
>
> 世人欲识高斋老，只是陈村赵四郎。

高斋，即赵抃的晚年居所。从多年走马灯般的宦游生涯中终得解脱，他却一点不失落，反而返璞归真，重又变成了那个当年陈村的赵四郎。

他的诗风，也由此被后人评为"触口而成，工拙随意，而清苍郁律之气，出于肺肝"……

再次，"一琴一鹤"还同时彰显了赵抃的纯粹性与丰富性，他的清澈并非一尘不染的那种，而是来自千帆过后的自我沉淀。建立在复杂性、丰富性基础上的纯粹性，更为难能可贵。

在北宋瑰丽的文化历史天空下，赵抃并非有着明星范儿的文学大家，也非炙手可热的政坛领袖，但在他身上，却可以读到宋朝独有的御史、台谏文化，读到今日政治迫切需要的善意从容，读到一个人为人处世的举重若轻。

　　赵抃当年被称为国之能臣、吏之楷模，但他不仅仅以"铁面御史"出名，其最大的贡献和现实意义，恰在于他的"清而宽"，在于他心底里的那份善。

作为全球秩序思考者的康有为

章永乐

早在 1895 年考中进士之前，康有为即密切关注世界形势，而参与戊戌变法的经历，使他有机会直接接触诸多外交事务，并提出自己的主张；戊戌政变之后，康有为流亡海外，行踪遍及五大洲四大洋，是近代中国少有的具有全球经历的知识分子。

1927 年 3 月 31 日，康有为在青岛辞世。就在去世前一年的 4 月，他还致信北洋直系首领吴佩孚，痛诉中华民国的共和沦为"共争，共杀，共亡"，敦促吴佩孚扶植溥仪复辟。

一个人如果在 1908 年主张君主立宪，他可以被称为中国政坛的主流；在 1912 年乃至 1917 年主张君主立宪，尽管不算台面上的主流，但也不算很奇怪。但到 1926 年，君宪已经是一种极其边缘的政治主张，但凡想在主流政坛里混个出身的，都唯恐避之不及。吴佩孚这样的北洋实力派对康有为只是敷衍，而对于南方的国共两党来说，君宪已经是一种他们根本无须特别回应的政治主张。

在 20 世纪，晚年康有为的大众形象基本上是一个不知世界潮流，开历史倒车的"落后分子"。但到了 21

世纪，文化保守主义的上升带来了一种将晚年康有为塑造成"先知"的论述：康有为预见到了共和制实施所带来的种种灾难，惜乎时人未解其深意，因而中国"误入歧途"，贻害至今。上述两种形象高度对立，反映出论者相互抵牾的价值取向，但其共同的弱点是未将康有为置于时代的情境之下，加以全面的考察与理解。具体而言，以往多数"康学"论著将重点放在对国内政治变迁的情境描述，但在国际政治层面，往往语焉不详，或有所触及，但未成系统，往往从康有为对世界大势的总体判断直接跳到其具体政治主张，缺乏一个中介的环节。

康有为之所以被其追随者称为"南海圣人"，原因之一就是他如同孔子一样周游列国，熟谙天下之事。早在 1895 年考中进士之前，康有为即密切关注世界形势，而参与戊戌变法的经历，使他有机会直接接触诸多外交事务，并提出自己的主张；戊戌政变之后，康有为流亡海外，行踪遍及五大洲四大洋，是近代中国少有的具有全球经历的知识分子。康有为阐述其主张，惯以列国治法为据，故此中介环节，极为厚重，不可不考。

然而康有为的国际经验纷繁复杂，如何对其进行简洁而清晰的理论总结？全球史与国际关系学中对于国际体系的研究成果，在此可以提供一种便捷的理论工具。据之，我们可以将康有为的一生分为两大时段：在"一战"之前，康有为面对的是一个欧洲列强主导，但处于不断衰变之中的维也纳体系；"一战"爆发之后，康有为目睹了维也纳体系的崩溃与凡尔赛—华盛顿体系的形成，但他的政治观在很大程度上受到维也纳体系的塑造，当新的国际体系到来之后，他无法理解这一新体系的新特征，陷入了惶惑状态。国际体系的大转折，可以直接帮助我们理解"吾道一以贯之"的康有为，何以从政坛的中心，走向边缘，更有助于我们重估康有为的思想遗产在今日的意义。

破解"大国协调"

从其早年到"一战"爆发之前，康有为所经历的是一个处于衰变之中、"万国竞争"不断升级的国际体系。

之所以要特别强调"衰变之中"，是因为这个国际体系奠基时期的若干基本特征，在康有为生活的时期已经大大弱化。维也纳体系奠定于1814—1815年举行的维也纳会议。在奥地利首相梅特涅主持下，合力打败拿破仑的各王朝国家代表磋商数月，奠定英国、俄国、普鲁士、奥地利、法国"五强共治"，实行大国协调的格局。大国协调的直接目的，是为了捍卫王朝正统主义，将类似法国大革命这样的革命火苗扼杀在摇篮中。欧洲列强通过协调，避免欧洲大陆上发生大规模战争，各国将征服的矛头转向海外，加快对世界的瓜分。维也纳体系得以从欧洲走向全球，成为一个具有全球意义的国际体系。因此，可以说，在其奠基之时，这是一个欧洲人占据绝对主导地位的、以捍卫王朝正统主义为基础的大国协调体系。

这三个特征在康有为登上政治舞台的时代已经大大弱化。美国与日本在19世纪的崛起，尽管未能颠覆，但也在很大程度上冲击了欧洲列强的主导地位；资本主义生产方式的普及，土地贵族的衰落，削弱了王朝正统主义；列强之间"商战"加剧，升级为军备竞赛，尤其是德国的统一与崛起，对英、法、俄等列强产生极大冲击，原有的大国协调机制摇摇欲坠。

但尽管如此，维也纳体系呈现的仍然是这样的底色：一系列欧洲君主制国家高居金字塔的顶端，对全球弱小国家与民族进行宰制。在康有为开始著述之时，法国已经是一个共和国，但却是一个议会中充斥着保王党人、缺乏制度自信和道路自信的共和国；美洲国家以共和国居多，但即便是实力最强的美国，也缺乏国际威望。对于欧洲相互通婚的各国王公贵族而言，君主制优于共和制是天经地义的，反过来就是异端邪说。对外，欧洲列强炮制了一套"文明的标准"话语，将殖民扩张美化为传播文明。这套话语实际上是 19 世纪国际法的法理学，只有所谓"文明国家"之间才能够有形式上平等的法律地位。中国既然被归为"半文明"国家，列强即可据之在中国攫取领事裁判权，签订不平等条约。而对所谓野蛮部落，列强通常直接征服。

康有为在中日甲午战争之后对国际体系展开系统的研究。甲午以来，短短数年内，日本占领台湾，德国占领青岛，英国占领威海，俄国占领旅顺，继而有八国联军侵华。对中国构成最大威胁的国家，基本上都是君主国，作为共和国的法国存在感稍弱。康有为在 1898 年 1 月《上清帝第五书》中痛陈时局之危："昔视我为半教之国者，今等我于非洲黑奴矣 ……"在此，他担心的是被列强划入"半教之国"的中国，进一步滑落到第三等级。他在一系列论述中指出，中国需要避免最糟糕的命运，防止维也纳会议上列强通过"大国协调"瓜分波兰的一幕在中国上演。

那么，如何避免以瓜分中国为目的的"大国协调"呢？康有为提出的原理是以"均势"来破解"大国协调"，挑动和利用列强的内部矛盾，使其相互牵制。在 1897—1898 年，他主张联合日本、英国与美国来对抗俄、德等国的领土野心。在戊戌变法的晚期，其联日、联英与联美的主张，进一步上升为中、英、美、日四国"合邦论"，其远期目标是在四国政府之上，形成一个"合邦政府"来统筹外交、军事等事务，而近期的政策意涵则是从这些盟邦"借才"来推进中国的维新变法。康党的思路是让英国的李提摩太、日本的伊藤博文与康有为共同组成维新变法的核心顾问，以遏制与俄国结盟的慈禧太后一党。然而戊戌政变终结了这一切设计。康梁师徒流亡海外，仿照申包胥在日本作"秦庭之哭"，试图借助外力拯救光绪皇帝，然而日本政府对欧美颇多忌惮，并无积极回应。康氏最终离日赴加，开始他的保皇会事业。

1900年，康有为与唐才常合作，从海外策划国内的自立军起义，恰逢义和团运动兴起，八国联军入京，张之洞、刘坤一等督抚"东南互保"。康有为设想在八国联军、东南督抚和自立军之间建立某种政治联盟，以打击后党以及义和团，甚至设想过坐英国军舰入京救出光绪皇帝，南下建立新政府。自立军起义失败之后，他致信李鸿章，提出清廷宜在列强形成协调之前与各国分别订立条约，以免重蹈维也纳会议上波兰之覆辙；如此计不成，可将俄占东北领土抛出，以供列强争夺。1901年《辛丑条约》签订，中国幸而未遭瓜分，但原因不在康有为计谋奏效，而在于列强内部利益分歧，并忌惮义和团运动表现出来的中国民气，致其无法形成瓜分中国的"大国协调"。

自立军起义的失败，使得保皇派短期内都难以实施类似的武装起义计划。在此之后，康有为开始系统地周游列国，自诩以"神农尝百草"的精神，为中国寻找一味对症良药。而在 20 世纪初，他所找到的典范是威廉二世治下的德意志第二帝国，并预测德国在不久以后的一场战争中，取代英国霸权，统合欧洲各国。

德国作为典范

为什么是德国？在 20 世纪初，欧美舆论界已经普遍意识到，德国上升势头迅猛，开始冲击英国的霸权地位。康有为曾十一次造访柏林，足迹遍及德国数十个城市，足见考察之勤。康有为敏锐地注意到，德国革新教育体系，大力发展职业技术教育，并将其与高等教育结合起来；在产业组织上，德国超越自由竞争的资本主义，加强同业和上下游产业的整合，爆发了惊人的生产力。而产业的扩张也带来了政治军事保护的需要，由此产生了德国的全球扩张态势。对德国的考察，是康有为1904 年"物质救国论"出台的重要背景，康有为意识到，中国如果遭到一个类似德国这样的强权的侵略，扩张民权的改革缓而不救急，物质建设，即工业化，具有更紧迫的意义。

德国政制则给康有为带来了第二波冲击。我们大致可以这样概括康有为对 20 世纪初德国政制的认知：它是一个君主主导的政制，政党和议会的作用比较弱，内阁对君主而非议会负责，因此，德国政制是一个比英式君主立宪制更具专制色彩的立宪模式，但德国国势却蒸蒸日上，这也让康有为产生了英式政制不再代表时代潮流的判断。而在"央地关系"上，虽然德国实行联邦制，但各邦地域范围较小，而且各邦已被普鲁士整合进了一个中央集权化的政治过程，普鲁士代表在联邦参议院中占据较多席位，能够较好地实现皇帝的立法意图。

不仅如此，德国政制还深刻影响了康有为对"三世说"的理论阐述。康有为在 1913 年的《不忍》杂志上发表过《大同书》部分内容，集中体现了康有为在 20 世纪初对国际体系走向的认识。在其中，康有为回顾了国家之间冲突所造成的种种惨烈后果，而"欲去国害必自弭兵破国界始"。而要"破国界"，则需要推动两方面的进步：第一是实现各国"自分而合"，小国逐渐合并于大国；第二是"民权进化"，革新政治——在此康有为的思考与康德《永久和平论》相似，即相信人民比君主更倾向于和平。具体展开，则"先自弭兵会倡之，次以联盟国缔之，继以公议会导之"。而联合邦国有三种不同的形式，分别对应于据乱世、升平世、太平世。

据乱世则可召集平等的国家联盟，康有为举出的例子如春秋时的晋楚弭兵、古希腊各国的联盟、19世纪的维也纳会议、俄法同盟、德奥意同盟，等等。平等国家联盟的特征是："其政体主权，各在其国，并无中央政府，但遣使订约，以约章为范围……主权既各在其国，既各有其私利，并无一强有力者制之……"而这意味着这种联盟具有很大的不稳定性，很容易因为偶然的原因而破裂。

升平世则是"造新公国"。康有为举出三代之夏商周，春秋之齐桓公、晋文公，以及当今的德国作为例子。在他看来，三代与德国的统一体比较坚固，而齐桓、晋文不及。德国治体的建立，则是先立公议会，允许各国举议员，普鲁士在联邦参议院中独占十七席，普鲁士总理遂成为德意志的首相。在"公议会"之后设立的"公政府","立各国之上，虽不干预各国内治，但有公兵公律以弹压各国"。而这在康有为看来，亦类似于德国的联邦政府，只是公政府也要经过选举产生，不应通过帝王世袭的方式，在此意义上，公政府将超越德国所实行的二元君主立宪制。

一旦能建立公议政院，不需百年时间，即可巩固联邦，而民权的逐渐扩大，可以起到削弱各国政府主权的作用，"如德国联邦"；各国即便有世袭君主，"亦必如德之联邦各国"。考虑到康有为写作《大同书》时候，世界上大多数国家是君主制国家，德国以联邦合诸国的经验，就尤其具有普遍意义。

而要进入太平世，则需要进一步张扬民权，"削除邦国号域，各建自主州郡而统一于公政府者，若美国、瑞士之制也"。"于是时，无邦国，无帝王，人人相亲，人人平等，天下为公，是谓大同。"

在 20 世纪初，同为立宪派的梁启超与不少革命党人均将德国的统一视为民族主义蔚然成风的论据。但康有为在阐释德国统一的时候，强调的并非民族主义，而是将其视为一个在"国竞"时代推进区域一体化的范例。德式联邦制能比中国的"三代之制"更好地保存被整合国家的王公贵族们的面子，从而加速区域一体化的进程。而当若干区域出现德国式的区域霸主，人类也就离大同更近了一步。康有为期待中国能够通过学习德国的经验，在亚洲的区域一体化过程中，扮演一个中心的角色。

以德国制度为参照，其他国家的制度就相形见绌：英国的制度显得过于自由散漫，不符合赶超战略的需要；法国在普法战争之后一蹶不振，在康有为看来，这恰恰证明法国的共和思想没有前途；1900年美国已是世界第一经济大国，康有为无法否认美国的繁荣，于是对其进行了特殊化处理——共和制之所以在美国有效，系因美国有特殊的条件，类似的制度在墨西哥等拉美国家造成了极大的混乱，故美国的成功并不表明其共和模式的普遍有效性；至于原属于维也纳体系五强的奥地利，其所组建的奥匈帝国深受内部民族矛盾的困扰，与德国相比，主要提供的是教训而非经验。康有为欠缺的是一个对俄国政制的系统评论——他曾准备访俄，却因被告知可能会在俄国被后党势力逮捕，从而打消念头。而从

后续的发展来看，他在俄国经验上的欠缺，可能对他的
政治判断产生了显著的消极影响。

世情之剧变

早在"一战"爆发之前，时势就已经向康有为担心
的方向转变。1910 年，葡萄牙爆发共和革命，共和派
甚至在澳门升起了共和旗帜。康有为给军机大臣毓朗上
书，提议以帮助葡萄牙国王平定共和叛乱为名，出兵澳
门。1911 年，墨西哥爆发革命，掌权三十五年的迪亚斯
总统被推翻。康有为曾在 1906 与 1907 年到访墨西哥托
雷翁，投资地产、金融与交通运输业，其投资在托雷翁
的骚乱中打了水漂，其族人康同惠死于屠杀之中。

1911 年 10 月，辛亥革命爆发。康有为在 11 月写作
《救亡论》称："今万国之新化新政，莫不出于欧，即美
亦欧化也。则欧人之俗，最宜详考之。"这就首先在修
辞上确立欧洲政俗的正统地位。而欧洲人的常见做法，
却是"迎立君主于外国"。19 世纪，比利时、罗马尼亚、
保加利亚、塞尔维亚、希腊、挪威各国独立，均不建共

和，甚至从外国迎立君主。康有为暗示，革命派的做法，其实偏离了国际的主流。而他提出的修辞，是用共和话语来包装君主立宪制，将英国式的君主立宪制称为"虚君共和"——在此，他不得不放弃了德式君主立宪制，而将英式君主立宪制作为首选项。

形势的发展当然没有按照康有为的期望走下去，共和制成为现实。但康有为坚持这样一个基本判断：共和制并不是国际社会中的主流政体，而且也不适合其"三世说"对于中国所处历史阶段的界定，必然会造成混乱，而从共和制回到君主制恰恰符合国际社会的主流。这一事业也离不开其他君主国的支持。在1917年，正当黎元洪与段祺瑞为是否出兵参加"一战"而发生"府院之争"时，康有为致信黎、段二人，旗帜鲜明地反对对德宣战，理由是德国很可能会赢得战争，届时中国将处于被动地位。而另一个重要的背景是，他正在与张勋合谋发动复辟，而德皇威廉二世承诺给予支持。

丁巳复辟迅速遭到镇压。同年，俄国爆发二月革命和十月革命，最终退出"一战"。1918年德国战败，康有为所推崇的"英主"威廉二世躲到了荷兰。在"一战"

结束之后，君主制作为欧洲主流政制的时代，也走向了终结。德意志第二帝国、奥匈帝国与俄罗斯帝国"走向共和"，一系列新的民族国家成立并采取了共和制，维也纳体系中曾经的五强，只有英国还是君主立宪国，而美国的国际影响力进一步上升。在这种情况之下，宣布君主立宪制是世界主流政制就缺乏可信度了。康有为继续主张君主立宪制，但在新的国际体系影响下，其国内听众日益寥落。

面对德国的惨败，康有为不得不修正他的德国观。他在1919年的一封书信里论证，处于"升平世"的德国本来应当做到"内诸夏而外夷狄"，联合文明国家，但是却采取了"据乱世"的"内其国而外诸夏"的做法，与欧洲各文明国家交战，违背了自己的使命。然而这不过是康有为的事后解释。在不久前，他还将普鲁士通过铁血政策统一德国视为区域一体化的典范，换言之，铁血政策对他来说本来不是问题。

维也纳体系业已崩溃，正在到来的新国际体系又是何种构造呢？当美国总统威尔逊提出十四点和平计划时，康有为欢呼雀跃，以为看到了大同的曙光，同时他认为威尔逊倡导的"民族自决"适用到中国,其自然的意涵就是收回列强攫取的利益。然而,巴黎和会给了康有为一记重重的耳光。中国爆发五四运动,康有为发表声明支持爱国学生,反对在和约上签字。但他仍对威尔逊国际联盟抱有一定的希望。1920年国际联盟成立,然而中国山东问题仍没有答案,美国这个倡议者最终也没有加入国联。康有为的期望一一落空,痛感人为刀俎、我为鱼肉,不再寄望于列强的善意。

那么,中国又能以何种方式自立于世界民族之林呢?在康有为去世前几年的政论中,他一方面仍然反复强调君主立宪、尊崇孔教与物质救国三大旧纲领;另一方面,将疑惧的目光投向正在崛起的苏俄。从1924年到1927年,随着时局的发展,康有为对苏俄的恐惧不断加深。布尔什维克推行的诸多国内政策,当然是符合康有为"大同义"的,但康有为认为在一个不成熟的历史阶段推行这些政策必然会带来灾难。他将发动北京政变的冯玉祥与广东的国共两党一概而论,呼吁北洋系军阀停止内斗,合力遏制中国的"俄化"。

在其人生的最后岁月里，康有为真的算得上是先知吗？一个真正看清历史走向的先知，即便身处逆境，也绝不会陷入这样的惶惑。康有为的惶惑究竟从何而来？从根本上，还是源于他视角的偏差。康有为清晰地看到了维也纳体系下"万国竞争"与"大国协调"的并行，看到当"国竞"的范围和强度超出列强的协调能力时，国际体系必将发生衰变。但是，他采取的主要是一个"自上而下"的视角，而非"自下而上"的视角。而这就使得他无法准确地把握维也纳体系的内在矛盾。

在国际体系的剧变之中，至少有两个因素超出了康有为的预期。第一是工人的反抗运动。《大同书》从欧美的社会主义思想中汲取了诸多资源，但康有为仅将工人运动视为社会财富两极分化的伴生现象，值得同情，但在当下很难拥有改变国际体系的力量。然而，资本主义始终无法克服发展的不平衡性，当资本——贵族集团相互之间陷入激烈冲突，造成上层建筑趋于瘫痪之时，工人运动也就出现了创造国内新秩序乃至于改造国际旧秩序的可能性。而这正是十月革命的经验。

第二是"以族立国"的自下而上的民族主义的力

量。康有为的"三世说"所设想的历史进程，是大国不断兼并小国，最终走向全球一统。他重视"以国立族"的"官方民族主义"，反对革命派的反满民族主义，其背景就是他对人类历史进程的这一判断。然而，发展的不平衡、印刷资本主义的传播、帝国之间相互"挖墙脚"的行为，凡此种种因素，都在不断加强某些帝国内部以裂土自立为诉求的民族主义。19 世纪的大国协调体系有助于扼杀或限制某些民族独立运动，但既然维也纳体系处于衰退之中，它的这一功能也在不断弱化，当这个协调体系在"一战"中崩溃之后，民族独立运动蔚然成风。出乎康有为预料的是，在 20 世纪，民族主义的力量比自由主义与社会主义都更为强劲和持久。

在康有为去世之后，正是他恐惧的苏俄传入的思想主张与组织技术，经过中国本土的改造，在中国革命中成为动员基层民众、实现"旧邦新造"的利器。而这一切都告诉我们，康有为的遗产存在深刻的局限性，他观察世界的视角，未能在自上而下的统治和自下而上的反抗之间维持一种平衡。

然而这并不意味着康有为的思想遗产已经与今人无

保罗·克利
(Paul Klee 1879 — 1940)

最富诗意的造型大师，出身于瑞士艺术家庭。年轻时受到象征主义与年轻派风格的影响，创作一些蚀刻版画，以此反映对社会的不满。后来又受到印象派、立体主义、野兽派和未来派的影响，形成分解平面几何、色块面分割的画风走向。1920 年到 1930 年，任教于包豪斯学院，认识了康定斯基、费宁格等，被称为"四青骑士"。克利的思想总是在现实与幻想、听觉与视觉、具象与抽象之间自由往来，因此人们视他为超现实主义画家。他笔下形体、线条和色块的组合，时而从某种观念的符号，时而从童稚的天真想象，时而从客观形态本身的节奏，时而从化作乐曲的声音世界里跳跃出来。

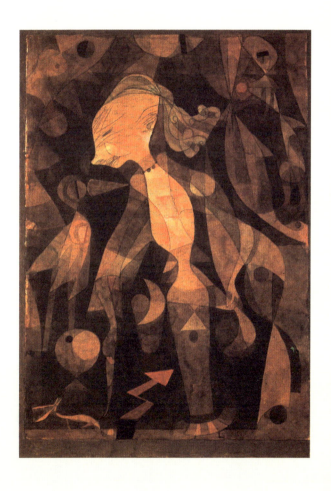

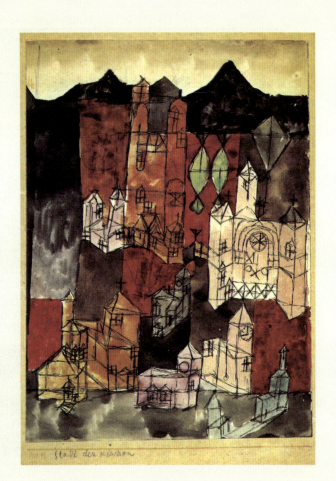

Stadt der Kirchen

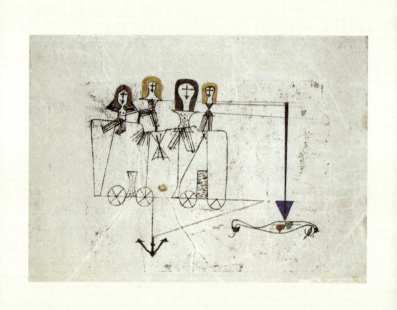

保罗·克利
Paul Klee

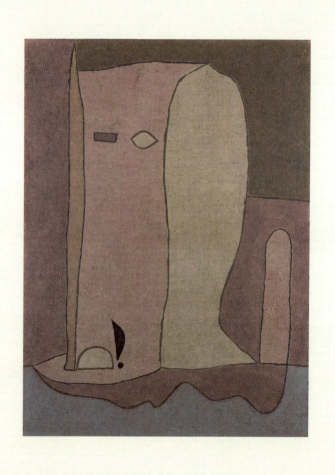

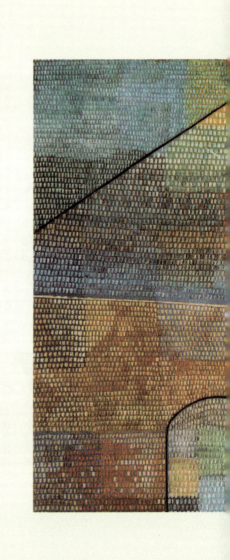

关。随着生产方式与国际局势的演变，超越民族国家的视野、推进区域一体化已经成为极具现实意义的议题。作为一位思考全球秩序的思想先驱，康有为的区域一体化乃至全球大同的思想在今天仍然对于我们有重要的启发意义。只是在旧国际体系走向瓦解之际，我们需要以康为鉴，更全面地把握旧体系的内在矛盾，以免在远方地平线上出现新的桅杆之时，反而陷入惶惑的境地。

溥仪自传问世记

方继孝

在餐桌上，毛主席突然想起了溥仪在抚顺写的长篇自传，对溥仪说："我已看到你那部'未定稿'了，我认为写得不怎么好。里边检查好像太多了，看了一半就不想看了。你过去是帝王，是压迫人民的，而今天不同了，是公民，是人民一分子了。写前半生要客观真实地反映历史，不能成为检讨书，回忆录要写得细致一些。"

在中国乃至世界历史的文献上，末代皇帝溥仪是从"真龙天子"被改造成普通公民的唯一例子，有着跌宕起伏的传奇经历和脱胎换骨的新生。因此，溥仪所著《我的前半生》被誉为"奇书"，受到世人瞩目，历经半个世纪而不衰。

抗日战争胜利后，溥仪作为战犯被苏军逮捕，1950年被押送回国，并关押在辽宁省抚顺战犯管理所，直到1959年12月特赦。在特殊的改造环境中，溥仪通过自传的方式交代历史，最终创作了《我的前半生》。该书中，溥仪从自己的家族背景写起，一直写到解放后接受改造并成为普通公民的整个过程。他的写作，虽是个人的传记，但由于其特殊的历史地位，全方位再现了20世纪上半期中国社会所发生的历史变迁。这本书应是研究晚清、民国以及伪满洲国历史的必读书。

鲜为人知的是,《我的前半生》前后有好几个版本,当然,有的版本只是油印了几十册,有的是未定稿的大字本。从 20 世纪 90 年代初开始,笔者历经十多年,在数次机缘巧合之下,收集到了溥仪最初写《我的前半生》(油印本)时,用毛笔亲笔书写的一册素材资料,还收集到了 1958 年春《我的前半生》油印本、全国政协 1958 年印制的油印大字本(未定稿)、1960 年灰皮本剪贴修改成的残稿、溥仪亲笔修改并保存下来的 1963 年 9 月 2 日的修订本……笔者收集的版本中,包括溥仪亲笔修订的"一稿本清样"(孤本)。自此,笔者开始了对《我的前半生》版本的研究。

当年战犯都写"前半生"

1950 年 8 月,溥仪从苏联被押送回国后,在抚顺战犯管理所的指令下,不止一次地撰写自传,揭露自己和检举日寇及伪满政权的种种罪行。

受日本战犯撰写忏悔录总结前半生的启发,抚顺战犯管理所认为,日本战犯自觉地揭露侵华的残暴罪行,是促进他们加强改造的好办法。1954 年，抚顺战犯管理所开展战犯大坦白、大检举运动，要求战犯们拿起笔，通过梳理历史、总结过去，来反省自己的罪责。特级战犯杜聿明最先给自己的反省材料起了个题目《我的罪恶的前半生》，大家一看这个题目很贴切很实用，便纷纷效仿，因此，当时战犯们都写过《我的前半生》。

在所方的反复教育下，溥仪于 1957 年下半年起，开始撰写《我的前半生》，历时一年半左右。在这个过程中，所方领导亲自审阅书稿，帮助他推敲和修改。由于溥仪写作能力较差，所方就指令溥杰帮助他写，还让许多原伪满大臣、将官为他提供伪满时期的材料；又从辽宁图书馆借来一些图书，包括许多演义小说，如《清宫十三朝演义》等稗官野史，供其参考。成稿后，由战犯自刻蜡版，油印了几十本，送公安部领导传阅并报毛泽东、刘少奇、周恩来等中央领导同志参阅。于是，就产生了摇篮时期的《我的前半生》。据溥杰回忆：

> 大哥口述，由我执笔，从家世、出身到
> 他三岁登基，一直写到 1957 年，其中也插进

一些我的经历，总共写了45万字。这份材料，
只能说是一份自传性的自我检查，不像是书。

油印本《我的前半生》的基调是"我罪恶的前半
生"，是一本具有悔罪书性质的作品。《我的前半生》从
家世写起，一直写到1957年溥仪参加战犯管理所组织
的社会参观。溥仪从一个末代皇帝、战犯到自觉悔罪成
为一个新人，思想转变过程杂乱不清，史实方面也有很
多地方叙述得不准确。

国务院总理周恩来对《我的前半生》（油印本）比
较关注，公安部至今保存着周总理接见溥仪及其家人时
的谈话纪要：

> 周总理说："你写的东西有20万字，因
> 为总有事，我还没看完，春节后我要出去，现
> 在先和你谈谈。你的东西基本上要与旧社会宣
> 战，彻底暴露，这是不容易的事，末代皇帝肯
> 这样暴露不容易。沙皇、威廉的回忆录都是吹
> 自己，英国的威尔斯亲王也是吹自己。历史上

还找不出这样的例子……你写这东西用了多少时间？"

溥仪："一年多。"

周总理："这证明你后几年进步了，但不能说巩固。改造，第一是客观环境，第二是主观努力……现在不一定每个人都能把你当成平民看待，可能还会有人向你下跪打恭。"

溥仪：……

周总理："你写的东西有价值，作为未定稿，用四号字印出来送你一本，你再改，改为比较完善的。这是旧社会的一面镜子，旧社会结束了，你也转变成了新人……这本书改好了，就站得住了。后代人也会说，最后一代的皇帝给共产党改造好了。"

在中央领导表示油印本"写得还不错"的情况下，公安部因势利导，要求群众出版社完成这部既有教育意义又有史料价值的《我的前半生》。之后，按照中央有关领导的指示，群众出版社又安排李文达等有关编辑与溥仪一起，根据以45万字的油印本排印成铅印本的《我的前半生》的基础上进行修改加工。经过多次易稿、反复修改后，形成了多个版本的《我的前半生》。

总理送给溥仪十六开大字本

1959年12月4日，溥仪被最高人民法院"特赦"，周总理接见他时，他才从辽宁抚顺战犯管理所回到北京一个多月。总理所说的"未定稿"，指的是《我的前半生》油印本。

此外，总理提到"现在不一定每个人都能把你当成平民看待，可能还会有人向你下跪打恭"，还真是说中了。

1960年2月16日，在总理接见后不久，溥仪到位于香山脚下的中国科学院植物研究所植物园工作。植物园要求职工不能围观溥仪，对外要保密，不让外面的人知道，要称呼他为溥先生，而不能叫同志。在植物园附近有些村落居住着一些八旗后裔，有人在植物园干临时工，在温室里见到了溥仪，回到村里便把"皇上"在植物园的事传了出去。

当时溥仪在植物园每天劳动半天，休息半天，周日可以回城。溥仪"特赦"回京后，暂住在西城区前井胡同6号其胞妹（俗称"五格格"）金蕴馨的家中。那时候植物园属于远郊，只有一班公交车，车站设在离植物园不远的四王府村。镶黄旗地处植物园西部，一些关姓（瓜尔佳氏）、郭姓（郭尔佳）、图姓（图色里氏）等多为八旗后裔，得知周末"皇帝"回城里时要在车站候车，就聚集到车站去叩拜"皇帝"。

一个星期日的下午，溥仪刚从公共汽车上下来，一些聚集在站台上的旗人忽然跪倒一片，还口称"皇上"！溥仪当时被吓蒙了，转身要走，被另一位年纪稍长的人一把拉住："皇上，旗营虽然解散了，但营子里还有不少旗民，我们只想见皇上一面，以表子民敬仰之心！"溥仪闻听此言气得够呛，训斥道："解放都这么多年了，还来这一套！我早不是什么皇上了，只是一个公民！"说完，冲出人群走了。这些人被溥仪训了两次后，再也不来叩拜了。

周总理与溥仪谈话时曾肯定了溥仪自传初稿的价

值，嘱咐用四号字印出来一本"未定稿"，送给溥仪修改，直到比较完善为止。这里所说的"未定稿"，是根据"油印本"印成的十六开大字本上中下三册。

据时任公安部办公厅主任的刘复之回忆说："毛主席看过《我的前半生》（油印本）后，说写得不错，这才引起我们的重视。"统战部部长徐冰看完"油印本"并听到了毛泽东、刘少奇、周恩来等中央领导的肯定后，当即批示："印四百份大字本，分送中央领导同志。"具体印出时间为1959年秋。于是，全国政协以"未定稿"的形式，迅速印出400册，分送毛泽东、周恩来等中央首长和各方面负责人。

"未定稿"大字本印出后，读起来要比"油印本"省力很多。不久，包括毛主席在内的中央高层对《我的前半生》的阅读意见传了下来。毛主席读了此书，对溥仪能够彻底认罪、愿意重新做人给予充分肯定的同时，指出书中检讨的部分太多，毛主席提出，"不能把溥仪改造过程中的表现提得太高"。在接见阿尔巴尼亚来宾时，毛泽东还把这部"未定稿"《我的前半生》送给了他们，并说这本书还没有正式出版。

出版社内部印发"灰皮本"

1960 年 1 月，群众出版社为了满足政法系统的需要，决定用 850 纸型的 32 开本，以上下两册的方式，把 45 万字的油印本排印成铅活字体，在系统中发行。而群众出版社所用的"油印本"也是笔者家藏的这三册"油印本"。据该社一直参与《我的前半生》编辑的孟向荣所说："在发稿前后，编辑部同志多次讨论这本书，认为历史事实未查对，书中有些论点有许多不妥甚至错误之处，而且只写到 1956 年。采取的办法'除了改正了个别错字和标点以外，对文章内容未加改动，完全按照原稿（油印本）印出'。"出版之前，编辑部撰写了征订目录。在这个征订单上著录的印数是 5000 册。因是灰色封面，俗称"灰皮本"，该版本也是群众出版社对《我的前半生》的首次介入。

"灰皮本"规定"内部发行"，范围是政法系统 17 级以上干部，即 1952 年党和国家干部从供给制政治、生活待遇改为工资制以后的副科级以上的政法口干部。

内部发行的"灰皮本"与油印本和"未定稿"大字

本在内容上是一样的，同为《我的前半生》的"祖本"。因为"灰皮本"是根据油印本而来，是个原汁原味的本子。虽然执笔者也非溥仪自己，但溥杰是他弟弟，肯定不敢违拗哥哥，何况这个哥哥还当过皇帝。因此这个文本，从史学角度来看价值较大。

溥仪开始写《我的前半生》（油印本）时，还是个被关押改造的战犯，因而，作为"认罪材料"的《我的前半生》就不能不表现出强烈的"犯人求生心态"。这与铁窗之外、没有压力的自由写作是完全不同的。因此，就让我们很难分清书中所写哪些是溥仪真正的思想转变。毛泽东批评此书时说"书中检讨的部分太多""把自己说的太坏"，说的就是这种"犯人心态"。例如，如何认识教他英语的英国师傅庄士敦。从庄士敦的《紫禁城的黄昏》和后来溥仪对庄士敦为人和事迹的叙述中，可见溥仪对这位"洋师傅"是有好感的。可是在油印本第三章：我的罪恶思想根源（5）"庄士敦和我崇拜帝国主义思想"中，溥仪把庄士敦说成是"英帝国主义者派来的特务""祖国人民的敌人"。其实，当年溥仪只有十六七岁，厌倦清宫腐朽没落、死气沉沉的生活，厌恶宫中的礼制，平时连到大街上走一走、看一看的自由都没有，他向往摆脱这种专制的桎梏，想到欧洲去旅行、游学，怎么就叫"崇拜帝国主义"呢？

长达半个多世纪的时间过去了，据说《我的前半生》"油印本"包括国家图书馆和群众出版社图书馆都没有馆藏；全国政协把油印本印成铅印大字本（未定稿），存世鲜见。群众出版社据油印本印制的内部发行的"灰皮本"，印数 5000 册，应该说数量可观，但笔者几十年寻觅，竟仅见残破之本。

失败的"剪贴本"

在铅印本（灰皮本）之后，公安部决定，由群众出版社编辑李文达协助溥仪整理书稿，以落实周总理的指示。为了安排这次改稿，由相关领导出面约请溥仪、溥杰兄弟在全聚德吃烤鸭，群众出版社总编辑姚垠和李文达都参加了，席间主要谈合作修改《我的前半生》之事。

溥仪被安排到香山植物园劳动后，为便于修改文稿，李文达住到植物园附近的旧香山饭店。每天下午，溥仪到饭店与李文达在"灰皮本"的基础上修改书稿。共用晚餐后，溥仪回植物园，李文达则按照与溥仪谈到的章节，用剪刀糨糊将灰皮本的留用部分剪下来粘贴在群众出版社的稿纸上，然后将记录下的溥仪口头补充的材料写进去，对于"灰皮本"中溥仪认为不准确或错讹等处，李文达会按照溥仪的重新认识或新的说法改写。有时候，溥仪当天说的内容，晚上李文达整理时，没有弄明白，会在整理稿上注明，第二天下午，与溥仪核实后，再写进书稿里。就这样，两个月后，溥仪与李文达完成了对"灰皮本"的剪剪贴贴、修修补补，形成了新的书稿。修改后的书稿由原始的45万字压缩到25万字，在这里，我们姑且叫它"剪贴本"。

据1961年5月18日，群众出版社在一份"关于修改溥仪的'我的前半生'的进行情况和今后意见的报告"中，对"剪贴本"的问题作了如下表述：

我们原来的想法是在原著的基础上加以删节，并根据溥仪的口述再补充一份材料，修改成一部以"皇帝如何改造成新人"为思想主题的回忆录体裁的文学作品，计25万字左右。但在修改过程中，我们发现原著（注：据油印本铅印的灰皮本）使用的历史材料很多不实。特别是清末一段，溥仪以及帮助他写稿的溥杰、伪满大臣等在抚顺时主要参考了清宫演义等笔记小说，大多不可靠，就连溥仪的本身家世，也是差误百出；民国一段，也多是道听途说；观点不用说，错误和模糊之处不胜枚举。如周总理曾经指出，溥仪结婚时任总统的是徐世昌而非黎元洪这一项重大错误。至于改造阶段，原著多是自谴自嘲和议论文字，缺少生动的真情实录……

正如上述，溥仪和李文达用了两个多月时间，所写25万字的"剪刀加糨糊"的整理稿，是一次失败的尝试。翻阅现存笔者处的"剪贴加文字"的修改稿，虽然去掉了原著中一些自谴自嘲的内容，纠正了一些错讹，有些章节甚至是重写，但最终未脱离原著（即据油印本铅印的灰皮本）的窠臼。如书稿中描写溥仪的出生地醇王府的内容旁，有一段领导的批注："风景写得没道理，他三岁离醇王府，根本没印象。这实际是溥杰的印象。"显然领导对改稿是不满意的。因溥仪和李文达都不满意这次整理出的"剪贴本"，公安部也不满意，因而被废弃了。几十年过去了，包括群众出版社在内，凡提到《我的前半生》成书过程，都忽略了这个"剪贴本"。

"另起炉灶"的一稿本

鉴于作为尝试的"剪贴本"不成功，群众出版社决定重新创作。经过和溥仪磋商，确定了作品的主题思想：写出一个皇帝如何改造成为一个新人，充分反映党的改造罪犯事业的伟大胜利，同时要描绘出没落阶级之不甘心死亡、封建阶级和帝国主义勾结、清室和军阀政客的瓜葛、改造和反改造斗争的复杂性、共产党人的崇高理想和实事求是的作风等等。为了落实作品的主题思想，出版社认为，光靠溥仪个人的口述是远远不够的，必须大量采访溥仪周围的人物，大量查阅历史档案，甚至还要到各重要现场实地考察。

"另起炉灶"写作的执笔人仍由时任群众出版社文艺编辑部主任的李文达负责，并重新收集材料，重新构思，重新撰写成文。1961 年 8 月 15 日，公安部党组指定凌云、于桑、夏印、沈秉镇等以及其他一些有关人士，组织了一次《我的前半生》研讨会，对已写出的章节发表意见。与会者对"抓住了溥仪怕死不认罪到悔恨过去、向往新生的思想变化脉络"表示同意，并提出了许多有益的建议。

正是在紧张修改《我的前半生》的时候，毛泽东在湘味家宴的餐桌上，给溥仪提出了建议。据群众出版社的编辑白玉生和孟向荣讲述，1962 年 1 月 31 日，毛主席邀请溥仪到中南海颐年堂家中小酌，还请章士钊、仇鳌、程潜等几位湖南籍老乡作陪，菜是湖南家乡菜。湘菜较辣，溥仪的鼻尖上沁出了汗珠，口中连声说："很好吃，很好吃！"毛主席见状说："看来你这个北方人，身上也有辣味哩！"并指着仇鳌和程潜说："他们的辣味很重，不安分守己当你的良民，起来造你的反，辛亥革命一闹，把你这个皇帝老子撵下来了！"妙语既出，无不捧腹，溥仪也笑得开心。章士钊等光顾听两人说话，竟忘了动筷子夹菜。毛主席说："你们怎么不吃？怕是被皇上吓住了吧？"众人又乐。

在餐桌上，毛主席突然想起了溥仪在抚顺写的长篇自传（以油印本印成"未定稿"大字本的《我的前半生》），对溥仪说："我已看到你那部'未定稿'了，我认为写得不怎么好。里边检查好像太多了，看了一半就不想看了。你过去是帝王，是压迫人民的，而今天不同了，是公民，是人民一分子了。写前半生要客观真实地反映历史，不能成为检讨书，回忆录要写得细致一些。"

在毛主席宴请溥仪之后，公安部抓紧了修改工作。1962年2月，溥仪和李文达历经一年多时间，完成了重写工作。群众出版社将书稿铅印成大字本，即"一稿本"。关于这个版本的简要情况，编辑部在1962年5月10日的一份请示报告中说：

> 我们用了一年多，搜集了材料，访问了有关的人物，重新修改成这个样本。全书分为上、中、下三篇十四章。上篇写出生到出宫，

中篇写天津和伪满，下篇写劳改和特赦。一共五十万字……

一稿本印成样本后，先后请康生、陆定一、陈毅、罗瑞卿、周扬、郭沫若、茅盾、老舍、刘大年、申伯纯（时任政协文史资料研究委员会副主任委员）审阅，还送文化部、统战部、最高人民法院、最高人民检察院审阅。反馈回的意见，总体评价认为"基本上是成功的"。

溥仪亲自批校的"溥修本"

一稿本完成于 1962 年 2 月，同年 3 月排出清样。一稿本是公安部领导满意，溥仪和李文达也满意的送审稿。相对"灰皮本"而言，是一个全新性质的版本。溥仪收到清样后，逐字逐句进行了审读，并在清样的天头、地脚、钉口、切口以及行间作了一百五十余处批校，有的多达三百字（批语多，校对少）。而溥仪批校的版本，就被称为"溥修本"。

同前述的油印本、大字本等几个稿本同样，"溥修本"亦收藏于笔者处。笔者是在 2011 年 5 月开始认真研究"溥修本"的，因为当时笔者以原件提供者和整理者的身份与群众出版社签订了出版《我的前半生（批校本）》的合同。也是在这次研究过程中，笔者体会到溥仪对一稿本的批校是极其重视的。

仔细阅读溥仪的批校文字，可以感受到他在审读书稿时，是逐字逐句、反复认真地研读。在他批校文字的字里行间，不仅有对标点符号的改正，有对地点、时间、人名的更正，更有对史实讹误的纠正。像一稿本中错把万福麟写成汤玉麟，把韩德勤误认为是前任山东省主席韩复榘，"涛贝勒"写成"溥贝勒"等等，他都认真给予更改。一稿本云"读书的书房在前星门里的毓庆宫"，溥仪批注："六岁读书开始是南海瀛台内的补桐书屋（乾隆曾在这里读书）。过了几个月搬到了紫禁城宫里住，这时便在毓庆宫念书了。"一稿本云"我读的第一本书是孝经，最末一本是易经"，溥仪批注："最末一本是'尔雅'。"

对于一稿本中对某些人物的描绘和细节的描写，溥仪也认真对待，该补充的补充，不确切的给予更改。比如一稿本中说太监的品级最高是二品，溥仪修改为三品，并批注说："李莲英和张谦和是特别赏戴二品顶戴的。"一稿本云，太监们为了取得外快，甚至还会敲皇帝皇后的竹杠，据说光绪从前就要花银子给西太后宫中的太监，不然的话，李莲英在请安时就不向太后通报皇上的意思。溥仪把这段表述删了，并在切口处批了四个字"这不会有"。一稿本讲，溥仪的老师庄士敦回国养老后，在他的家乡修了一座五柳先生祠。溥仪在钉口处写道："还在小岛上的一间房子里，专陈设我送给他的东西，包括我写的字和给他的清朝礼服貂褂和二品顶戴的朝帽。"并把"五柳先生祠"字眼删掉了。

溥仪的记忆中有许多鲜活的印象，仅举一例。一稿本介绍罗振玉说："到宫里来的时候，中高个儿，戴一副金丝近视镜（当我面就摘下不戴），下巴上有绺黄白山羊胡子，总穿一件大襟式马褂……"溥仪在"黄白山羊胡子"后增补"脑袋后面垂着一个白色的辫子"。

一稿本多处涉及爱新觉罗家庭成员的生活情况，溥仪的批校在面对近亲属的言论、行迹方面，表现出慎重态度。一稿本说，溥杰夫妇婚后"感情很不好"

（注：指溥杰前妻唐怡莹），他和妻子"赌气"，并因妻子与京城"四大公子"中的张学良、卢小嘉来往，颇受刺激。溥仪为此在清样的地脚、钉口、切口绕着圈写了一个长批：

> 这一段似乎改一改好吧？因为我想溥杰决不会因他妻子和张学良亲近而赌气，并且用下面例子更可说明他不会赌气。如果他赌气，他怎么又听张学良的话把自己妻子送到张学良的姨太太公馆里去呢？所以我的意思可以把溥杰受刺激和赌气改正过来。还有把"四大公子的两个花花公子"这几个字删去（这一段希望改一改）。溥杰结婚后他夫（这里少了一个"妇"字——引者注）的感情没有不好，尽管怡莹和别人亲近，甚至强取我父亲的东西，溥杰是始终对她留恋不已，直到吉冈强迫他们离婚。

溥仪对一稿本的批校是讲政治的，比如一稿本中讲了末代皇帝给意大利国王和黑衣宰相墨索里尼送过相片之事。溥仪增补"给墨索里尼送过匾额。郑孝胥拟的字，我写的'举世无双'"。这样就分清了责任。

"溥修本"反映出改造时的心态

在世界的范围内，溥仪是唯一被改造好了的封建皇帝。而在"溥修本"中，反映战犯改造的批注也占了一定的比重。溥仪尽量回忆和重现历史细节，文中不时流露出其经过改造的心态。

一稿本叙述汉奸们在台山堡老大娘面前争相忏悔，老涛第一、老富第二、溥仪第三。溥仪批注说：

> 实事求是地说，这段情况和当时实况是不符合的。当时是我首先自我介绍并向农民老大娘认罪的，其他人是继我之后陆续认罪的。我想可以更正过来。

关于战犯改造的某些历史细节，如果当事人不予披露，它就永远地湮没了。如果把有一定价值的历史细节讲述出来，就具备开掘新史料的意义。比如一稿本中有一段关于"老正"言论的描写：

> 直率而不擅长口才的老正，有一次对我（溥仪）说出了很有一定代表性的感想：我现在算是知道了皇帝是个什么玩意儿了。以前我全家人怎么那么崇拜你！我从小发下誓愿，为复辟我送掉性命都干，谁知你是个又自私又虚伪的废物！我真遗憾不能把这些告诉我母亲，她简直把你看成活菩萨似的崇拜。真可惜，她早死了！

老正即蒙古族的正珠尔扎布，他是日本浪人川岛浪速一手培养起来的复辟派人物。老正的父亲是民国初年在日本人支持下率领蒙古土匪实行武装叛乱、图谋恢复清朝的巴布扎布。对于这段描述，溥仪作了一个近三百字的长批：

> 正珠尔所谓"直率"是不现实的，当时，

谁和他亲近就是好人，批评他一次，他是永远忘不了的，不是背后骂，就是图报复。如罗振邦在他评奖时曾批评他，他从此便永远不和罗谈话。他在散步时，故意和别人谈话，说将和我拼命，杀死我，他也可以出名。这个人欺软怕硬，而且当我在特赦时，他态度立时又对我变好，他还向我要手帕，当纪念品，我因忙，没有给他。他又在溥杰特赦时，和他要纪念品，说是代我给他的。当然他有时勇于揭露自己思想错误，是好的，可是检讨尽管是检讨，下次还是照样犯。所以我说他对我的上述这些话，我认为应当不用。因为他说话的动机是不纯的，是挟私怨而说的，我认为这一段可以删去。

对于有些不合实际的内容，溥仪更是建议改写。如"我记得在我揭发关东军这批战犯罪行后，审判长问我，你还要说什么？"溥仪在这段话的旁边写上两个大大的"注意"，并写下说明的文字：

> 有一次是检察长问我，而不是审判长问我。因为在当时审判长除在开庭时正式对证人问话外，并没有向证人作随时的个人的谈话。这样写和法庭审判长问我话的记录不符合。我想改写为开庭前检察长曾问我……

以上列举溥仪在一稿本上的批校，仅仅是有一些代表性的例子，但足以说明，在 20 世纪 60 年代，溥仪这样的身份是不可能独自完成这样一部影响巨大的自传作品并得到出版的。溥仪在《我的前半生》一稿本留下的一百余处、数千字的增添、说明和建议删去的文字，有溥仪对自己前半生生活的片段回忆，又反映出溥仪对稿本内容的独特认识。

那么，溥仪的批校究竟被采纳、吸收了多少呢？笔者以"溥修本"和 1964 年 3 月先后于北京和香港公开出版发行的《我的前半生》书稿清样上溥仪亲笔修改处，与 1964 年 3 月第一版的《我的前半生》进行了对照，总体上讲作为《我的前半生》创作主体之一的群众出版社，还是很尊重溥仪的建议，而且有很多内容是按照溥仪的意见作了增删或调整。

"二稿本"吸收了多方意见

一稿本成稿后，溥仪和李文达综合并吸收有关部门和专家学者的意见，对一稿本作了一些修改、增益或删减，并补充了溥仪"五十三年大事记"和从档案馆等地方引录的材料作为附录，于 1962 年 10 月印出"二稿大字本"（*两册，52 万字*）。由申伯纯担任"二稿大字本"的审读主要召集人，继续征求全国政协、中宣部、统战部、最高人民法院、最高人民检察院等单位，及当时历史界、文学界许多专家学者、著名人士等各方面的修改意见。

1962 年 11 月 27 日，申伯纯和当时全国政协文史资料研究委员会的另一副主任杨东莼，组织了一次由著名专家学者参加的对二稿大字本的座谈会。到会的专家有翦伯赞、侯外庐、黎澍、刘大年、金灿然（*李侃代*）、邵循正、翁独健、何幹之、杨东莼、申伯纯、姚艮、于浩成、李文达、吴群敢，由申伯纯主持会议，溥仪本人也参加了座谈。与会专家学者对二稿本的内容、文字、写法发表了修改意见。老舍、郭沫若、茅盾等也对二稿本从文字和写法上提出意见。1963年3月21日，张治中致函申伯纯详细谈了对书稿的意见，中宣部部长陆定一还指定王宗一对此稿进行了审读。

此后，溥仪和李文达在群众出版社一间不足五平方米的办公室里继续修改书稿。据《溥仪日记》记载，溥仪在"二稿本"到小字本（**1964年3月版**）的进阶过程中，曾十九次来群众出版社。

综合多方面的修改意见，由李文达执笔，对二稿本进行了相应的修改和调整，尤其是对后半部分进行了较多剪裁或变动，1963年11月，这部经过多次修改、综合各方面意见的《我的前半生》终于杀青。正式付印前，清样送溥仪审核。溥仪又逐字逐句审读，并纠正了一些谬误，如第一章"我的家世 醇贤亲王的一生"中，有一段说："在野史和演义里，同治是因得花柳病不治而死，据我听说，同治是死于天花（**翁同龢日记也有记载**）。天花并非必死之症，同治由于病中受到刺激，因此发生'豆内陷'的病变，抢救无效而死。事情经过是这样的……"对此，溥仪建议："我认为不要把话说得太死，太死就成为确有此事。因为在当时宫中的习惯，这样的事似乎不易做到。不如把语气说活一些，如有人说或是听太监说之类，比较好。"

又如第一章中"摄政王监国"部分有段话："我的弟弟曾听母亲说过，辛亥那年父亲辞了摄政王位，从宫里一回来便对母亲说：'从今天起我可以回家抱孩子了！'母亲被他那副轻松神气气得痛哭了一场，后来告诫弟弟：'长大了不可学阿玛那样！'这段故事和父亲自署'推庵居士'的别号，虽都不足以证明什么真正的退隐之志，但也可以看出他对那三年监国是够伤脑筋的。那三年可以说是他一生最失败的三年。"溥仪在这段的上方粘了一个他更正并修改意见的纸条：退庵居士是我祖父奕譞的别号，不如引我父亲载沣在鉴意轩书房中的对联"有书真富贵，无事小神仙"较为妥当。

溥仪很在乎在改造过程中有关思想变化的细节，在第九章"接受改造"中，他对许多地方作了修改或删除的建议。如有一段关于外国记者的访问的情节叙述：

　　不久前，在某些外国记者的访问中，我遇

过不少的问题，例如："作为清朝最末一个皇帝，你不觉得悲哀吗？""长期不审判你，不觉得不公平吗？""这不令你感到惊奇吗？"等等，这里面似乎也包含着类似的同情声调（如果没有其他意思的话）。我回答他们说，如果说到惊奇，我受到这样古今中外不曾有过的宽大待遇，倒是很值得惊奇的。记者先生们对我的答案，似乎颇不理解。我想那位从法国写信来的先生，看到了我的回答，必然也有同感。

在"倒是很值得惊奇的"后边，溥仪补充了一段他回答外国记者的话：

　　我又说：我过去处在的半封建半殖民地的清朝皇帝和日本帝国主义统治下的殖民地伪满皇帝的时代，才真正是我的悲哀。现在正是我开始认识真理走向重新做人的最幸福前途的开始……

定本删除了关于婉容孩子的内容

群众出版社充分尊重作为《我的前半生》创作主体之一的溥仪，在"定本"的清样中，多数按照溥仪修改或增删的建议作了调整。此外，对于原稿中一些表达含糊不清、过度的自我菲薄和不甚恰当的称谓，都尽量地删除或重新组织语言。比如在"定本"清样中，有一个自然段说溥杰在伪满时期与溥仪接触较少，溥仪旁注："这段必须删去。溥杰在伪满和我接触并不少，这样写不合乎事实，因此必须去掉。"

同样被删去的还有一些怕太过残忍、引起中外读者不愉快感受的内容。比如有一段关于溥仪处理婉容偷情所生的孩子的内容：

> 婉容也许至死还做着一个梦，梦见她的孩子还活在世上。她不知道孩子一生下来就被填进锅炉里焚化，她只知道她的哥哥在外边代她养育着孩子，她哥哥是每月要从她手里拿去一笔养育费的。

此外，"定本"中被简略或删减的某些叙述还有关于日本在天津的特务机关"三野公馆"的描写；李鸿章记录清末一场大水灾的奏折；张宗昌生活简史；溥仪的打油诗以及占卜的卦辞，理由是不能够宣扬封建迷信。

总之，《我的前半生》的"定本"与作者溥仪的身份更相适应，增加了自传的可信度。一切涉及国际关系和党的改造战犯政策的有关部分，"定本"都十分慎重，尽量避免引起副作用，目的就是使该书更好地为政治和社会服务。

《我的前半生》于1964年3月出版后，直至"文革"结束前，只有17级以上干部凭介绍信才能购买，但该书还是在国内外引发了很大的轰动。

夹缝中的奇葩：广州十三行富商伍秉鉴

聂作平

然而，一个多世纪以前，彼时的世界首富，没有因他所拥有的巨额财富而获得必要的尊严与荣誉。不仅大小官员不时勒索他、挤对他，就连一般的草根民众，也人云亦云地诅咒他是汉奸、卖国贼——虽然背地里人们说起他的海量财富时，几乎都是两眼发光的"羡慕嫉妒恨"。这位生不逢时的奇人，就是广东人伍秉鉴。

在今天，尽管一个人的尊严并不取决于他赚了多少钱，但拥有大量财富的人，总是会受到人们的羡慕与敬重。如果一个人拥有的财富不但远超普通人群，甚至到了富可敌国的地位，恐怕即便他不想声名显赫，不想举足轻重，也由不得他了。然而，一个多世纪以前，彼时的世界首富，却没有因他所拥有的巨额财富而获得必要的尊严与荣誉。不仅大小官员不时勒索他、挤对他，就连一般的草根民众，也人云亦云地诅咒他是汉奸、卖国贼——虽然背地里人们说起他的海量财富时，几乎都是两眼发光的"羡慕嫉妒恨"。

这位生不逢时的奇人，就是广东人伍秉鉴。2001年，美国《华尔街日报》统计了过去一千年间世界上最富有的五十个人，列入榜单的中国人只有六个，与成吉思汗、忽必烈、和珅、刘瑾和宋子文等如雷贯耳的大人物排列在一起的，竟是名不见经传的伍秉鉴。伍的入选理由是："出生于1769年的清朝行商伍秉鉴，继承父业与外商从事买卖，又进一步贷款给外商并以此获得巨富。他在西方商界享有相当高的知名度。"据伍氏自己估算，他的财富高达2600万银元。这相当于当时清政府年财政收入的一半——2013年，我国的年财政收入约13万亿元，换言之，伍秉鉴的财富在他的时代所占的比重，相当于今天某人拥有6万亿的家产。这一天文数字，即便把中国福布斯富豪榜上所有人的资产加在一起，也望尘莫及。

众所周知，19世纪上半叶，鸦片大量流入中国。1839年春，林则徐抵达广州，雷厉风行地拉开了禁烟大幕。林则徐的重要措施之一，就是将伍秉鉴的儿子伍绍荣等商人唤到公馆，一通痛责，指斥他们作为朝廷与洋商打交道的桥梁和中介，竟然勾结洋商，走私鸦片。同时，林则徐要求伍绍荣等人尽快与洋商联系，限三日内交出所有鸦片，否则伍绍荣等人将性命不保。事发突然，年过七旬的伍秉鉴不得不两边奔走：一边向鸦片商颠地请求，希望他将所藏鸦片交出，其造成的损失由伍家赔偿；一边向林则徐求情，希望放过他的儿子，并表示愿意拿出家产资助国家。但伍的求情遭到了林则徐一番怒骂，并将伍秉鉴和另一位商人套上枷锁示众。一时间，这位彼时全世界最有钱的富翁颜面扫地，而普罗大众却拍手称快——在中国人的集体无意识里，看有钱人倒霉，正是很多人喜闻乐见的开心事。

伍秉鉴富可敌国，却被官府像捏只蚂蚁一样，随时可能被置于死地。说到底，固然是在以读书、做官为主流价值的社会里，商人原本就处于社会底层；更重要者还在于，伍秉鉴赖以做大做强的根本原因，乃是帝国的畸形政策。这一畸形政策，不仅造就了伍秉鉴和一大批腰缠亿万的被称为"行商"的大商人，同时造就了历史上与晋商和徽商并称的广州十三行行商。但不论伍秉鉴还是其他行商，他们对帝国的依附，都要远远超过晋商和徽商。

大清帝国辟出的"经济特区"

事情还得从好几百年前的大明说起。1368 年，逆袭成功的草根朱元璋于南京称帝，其时，在废墟上建立起来的政权仍然面临强劲挑战：北面是退到蒙古高原的残元势力，东部沿海是张士诚和方国珍的残部以及不时骚袭的倭寇。农民出身的朱元璋像个尽职的老农一样守护着自家的园子：北面，他一面修整长城，一面调驻了大量军队；东南沿海，为切断张、方残部与大陆的联系，他将沿海居民内迁，片板不许下海。在朱元璋的海禁铁幕下，唐宋时曾创造了"海上丝绸之路"的海外贸易几乎禁绝——仅作为一种礼仪象征的朝贡贸易，还被允许在极小的范围内进行。说句题外话，一直困扰明朝的倭寇，其中不乏武装贸易的商人，所以倭寇兴起的一大原因，就是海禁。

清承明制，二者同为内敛的、内省的、内陆的帝国。清朝立国之初，郑氏割据台湾，不时骚扰大陆，为此，明朝的海禁政策持续执行。直到清军攻占台湾之后，康熙二十三年（1684），一代英主康熙认为"海洋贸易有益于生民"，方下旨解除海禁。次年，清政府先后设立粤、闽、浙、江四大海关，作为外商来华贸易的指定地点。

　　四大海关中，以地处广州的粤海关最为重要，其余三大海关监督皆由地方官兼任，只有粤海关监督系专任，其级别与作为封疆大吏的总督和巡抚相同，直接向皇帝和户部负责。更为重要的是，广州自唐代起就是亚洲最重要的商贸大港和货物集散地，朝廷一旦开放海禁，原本处于走私状态的海上贸易成为合法，广州立时重现了唐宋时期的辉煌。从康熙开海到四口通商结束前的1753年，英国东印度公司来到中国各口岸的商船共计189只，其中到广州的就有157只，占总数的83%。其繁盛景象，明朝遗民、岭南三大家之一的屈大均有一首浅白的小诗描绘道："洋船争出是官商，十字门开向外洋。五丝八缎广丝好，银钱堆满十三行。"《粤关志》则称："东起潮州，西尽番禺，南尽琼崖，凡分三路，在在均有出海门户。"

　　权力和油水都极大的粤海关监督，向来由皇帝钦派，除了负责海关工作外，还有另外两项重要职掌：一是监视地方大员；二是为皇宫购买来自西洋的各种玩意儿。缺少监督的权力和恣意妄为的合法伤害权，使得以粤海关监督为首的海关官员对从事进出口贸易的洋商土商大肆敲诈勒索。不堪其苦的洋商开始把商船发往宁波——另一用意则是为了开辟更为广阔的市场。如此一来，到达广州的商船急剧减少，海关官员的灰色收入与海关税收均呈直线下降。为此，有关官员向乾隆提出，将宁波的关税翻一番，以便使洋商"自愿"留在广州。乾隆皇帝的反应出人意料：他于乾隆二十二年（1757）下旨，洋船"只许在广州收泊交易"。这道上谕，意味着大清帝国从"四口通商"变为"一口通商"。此后，英国派出洪任辉前往天津，通过行贿的方式，把一纸诉状送至乾隆御前。洪仁辉在诉状中控诉粤海关监督李永标等人敲诈勒索，希望天朝改革贸易制度，保护正常贸易。乾隆阅罢，大为恼怒——他恼怒的并非官员贪墨敛财，而是这个非我族类的夷人，竟找到中国人帮他写状纸，此中的隐情必定是朝廷十分警惕的"中外勾结"。更何况，在乾隆的观念里，天朝物产丰盈，无所不有，原不藉外夷货物以通有无。之所以四口通商，不过是皇恩浩荡，念在西洋各国没有天朝特产的茶叶、瓷器和丝绸，才恩加体恤，准许通商。现在你们不但不感恩戴德，反而吹毛求疵，成何体统？恼怒的乾隆下旨将洪任辉押往澳门关押，至于那个帮写状纸的中国人，下场是斩首示众。洪任辉的几条罪名里，最奇怪的一条是：擅自学习汉语。乾隆的逻辑也看似理直气壮：夷人一旦会说汉语，他们就有可能和汉人一起，图谋不轨。这种简单的推理，在特殊的年代里，却少有人质疑其荒谬。

四口变一口，对外商来说是灾难，对广州来说却是天赐良机。正因为有了一口通商，才有了后来十三行的辉煌。粤海关既是位高权重的天朝第一海关，同时也是唯一的海关，按理应该对前来贸易的外商进行管理，但在天朝的意识形态里，官员亲自与夷人打交道，是严重违反礼仪和祖制之事，因而，作为天朝和外商之间中介与桥梁的行商便不可或缺。过去和现在我们常说"十三行"，似乎充当中介和桥梁的行商是固定的 13 家，其实不然，行商多时有 26 家，少时只有 4 家。"十三行"这一称谓起源于明朝，这说明尽管有朱元璋严酷的海禁政策，但到了他的子孙掌权时，地下或半地下的海外贸易仍不绝如缕——铁幕一旦违反世道人心，必然会被撕开若干大洞。

西方人将行商形象地称为"清朝管理外国人的警察",那么,行商到底起着怎样的作用?首先,行商是唯一得到清政府认可的外贸代理商。至于谁有资格,政府亦有明文规定,必须是"身家殷实,赀财素裕"者。但作为一种潜规则,仅仅拥有大量财产还不够格,必须花费20万两银子才能买到这份执照。作为钦定的外贸代理商,行商控制了广州——也意味着就是整个天朝——的外贸,洋商从行外的中国人手里买来的货物,如不通过行商就无法运出,行商则从他们经手的每一批货物中,提取一部分手续费作报酬,并用他们的名义报关。其次,行商负责向粤海关纳清相关货物的进出口关税。第三,行商是外商和朝廷之间的中间人,"凡夷人具禀时间,应一概由洋商代为据情转禀,不必自具禀词"。第四,充当洋商的担保人。朝廷规定,每一个外商自登岸起,就必须找一家行商充当担保人,担保人对洋商的一切行为负有连带责任。美国人亨特在《广州番鬼录》里说:"行商控制了广州口岸全部的对外贸易,每年总额达数百万元,受益固多,责任亦重。外国商船或其代理人如果违犯了'规条',俱由行商负责……由于这种关系，我们戏称他们为'我们的假教父'。"

很显然，责任重大的行商从事的是一门超级垄断生意，这就决定了他们的生意不可能不火。在风急浪高的太平洋、印度洋和大西洋航道上，西方各国的商船竞相驶往迢遥的中国广州。

作为朝贡贸易向自由贸易的转折，行商制度原本乃非驴非马的怪物，就像《清代十三行纪略》所说的那样："开海贸易之后，原来接待外国贡使的怀远驿是不能接待外国商人的，按清代礼部贡典，欧洲商人在礼部贡典无名，又无金叶文书，不能用官方形式接待，只能投居洋行商人的行栈或租行栈等办法来解决。于是，广州的洋行商人纷纷在广州城西的珠江边被称为十三行的地方建房租屋，供外国商人居停贸易。外国商人称之为商馆，中国人称之为夷馆。"

商馆也好，夷馆也罢，总之，在朝廷既要保留一个同洋人贸易的窗口，又要顾及天朝脸面的前提下，在广州城外的珠江边，出现了一排排整齐漂亮的房舍。这里华洋杂处，人声鼎沸，一派欣欣向荣景象。可以说，十三行就是大清帝国辟出的"经济特区"。在大清的财政收入中，关税是仅次于地丁和盐税之外的第三大税种，而粤海关的税收，占了全国关税的四分之一。至于来自广州的这些关税收入，其中有 24% 归皇室所有。从某种意义上讲，粤海关其实就是为圣上的小金库效劳的敛财部门，所以，皇帝总是派他信得过的奴才来充任监督。

十三行的行商，有钱却没有政治地位

十三行的行商们能做大做强，可谓天时、地利、人和三者皆占。天朝政策让他们垄断，可谓天时；广州物产丰富，交通方便，可谓地利；行商精明诚信，则是不折不扣的人和。

当时中国出口的主要商品是丝绸、瓷器和茶叶。欧洲人曾以为丝绸是长在树上的，由于远隔重洋，运到欧洲的丝绸几乎和黄金一样贵重。多年来，中国出口到西方的丝绸，几乎从不考虑如何在图案和式样上迎合西方人的审美。1739 年，顺泰行商人秀官大胆根据海外风尚，仿照欧洲流行式样，设计织造出大量新品，一举赢得广泛关注。广州一带生产外贸产品的瓷器工场，根据外商提供的图样，也大胆采用西洋画法，烧制出与此前风格迥异的新产品。至于茶叶，伍秉鉴为了保证质量，在武夷山这个著名的茶叶产地拥有大面积的茶园，伍家出品的茶叶很快就成为质量和档次的象征，凡是有伍家标记的茶叶，在国际上就能卖出一个好价钱。

更令人叹服的是，当绝大多数中国人都不知道美利坚和保险业为何物时，伍秉鉴竟然已经在美国投资保险业，购买美国证券。到了他的儿子伍绍荣手里，更是把从事外贸获得的利润抽出一部分，用于购买美国铁路债券。据统计，伍家在美国投资的利息，每年可达20余万两白银。一位叫亚兴官的行商，甚至把广告做到了大洋彼岸的《普罗维登斯报》上，他在广告里写道："广州瓷商亚兴官敬请转告美国商人和船长，现有一批精美瓷器，风格高雅，价格合理，一旦定货即可成交。"须知，这是在遥远的1804年，是在绝大多数中国人还不相信地球是球形的遥远年代。

在时人的记录里，伍秉鉴是一个身材瘦小、不苟言笑却忠厚大气的传统商人。通过两件事，我们不难看出伍秉鉴的过人之处：其一，一位合作的美商替伍秉鉴承销一批生丝，获利颇丰。按之前约定，这些钱应兑换为东印度公司的期票。但这位美商却自作主张购进了一批英国纺织品，由于滞销，造成了数千元的亏损。美商主动要求赔偿，伍却说了一句："以后要多加小心"，婉拒了美商的赔偿。其二，另一位美商和伍秉鉴合伙，由于经营不善，欠了伍7万多元的债，一直没法偿还，只得滞留广州。伍获悉内情后，把美商找来，当着他的面把借据撕得粉碎，并说，你是我最好的老朋友，你是一个诚实的人，只是不走运罢了。为此，亨特在《广州番鬼录》里满怀敬意地总结说，"作为一个商人团体，我们觉得行商在所有交易中，是笃守信用、忠实可靠的，他们遵守合约，慷慨大方。"

拥有巨额财富，同时又与海外有着千丝万缕的关系，可以肯定地说，十三行的行商们大多过着比王侯将相更为舒适写意的生活。1860年，法国的一份报纸刊登了一位法国商人寄自广州的信，其中写到他在行商家里做客的见闻："我最近参观了广州一位名叫潘庭官的中国商人的房产，他每年花在这处房产上的花费达300万法郎，在一个干很多活都挣不到一点钱的国家里，这是一笔巨款。这一处房产比一个国王的领地还大……他有50个妻子和80名僮仆，还不算30名花匠和杂役等等。他在中国北方还拥有另一处更好的房产……房子的前边是一个广阔的花园，种着极稀有的花卉，一条宽宽的路通向大门。住房的套间很大，地板是大理石的。房子里也装饰着大理石的圆柱，或是镶嵌着珍珠母、金、银和宝石的檀木圆柱。极高大的镜子、名贵的木料做的家具漆着日本油漆，天鹅绒或丝质的地毯装点着一个个房间……这花园和房子可以容得下整整一个军的人……"

虽然到广州贸易的洋商受到了清政府的种种荒唐限制，比如妇女不得进入洋行，比如一个月里只有几天被允许郊游——但在亨特看来，在广州的生活仍然是非常愉悦的，而愉悦的最主要原因，就是由于行商和洋商之间"良好的社会感情和无限友谊的存在，以及他们众所周知的诚实，都使我们形成一种对人身和财产的绝对安全感"。亨特认为，"任何一个曾在这里居住过一段较长时间的'老广州'，在离开商馆时，无不怀有一种依依不舍的惜别心情"。

然而，行商有钱却没有政治地位，虽然他们大多会在发家后捐个三四品的官，但这种买来的官大都是"虚衔"，朝廷赐给他们的顶戴，多数时候只能关起门在家里自我欣赏一番。总之，一个拥有大量财富而没有相应政治地位的大富翁，在拥有合法伤害权的官员面前，无疑如同怀揣珍宝过闹市的小儿。十三行的行商们就充当了这样一个可悲的角色。

官员对行商的盘剥勒索可谓五花八门，最常见的是人情来往。官员，尤其是对行商有着生杀予夺大权的粤海关官员，他们家里每年都会做几次生，每逢做生，行商都会提前收到大红请柬——在行商眼里，那不是请柬，而是一纸罚单。每个行商必须送上一笔让官员满意的寿礼，才能获得此后的相对平安——谁送了不一定记得，谁没送却一定记得。人情往来只能算小儿科，亨特在他的书里说："另一方面，行商们却经常受到敲诈和勒索，迫使他们捐款，如公益事业、公共建筑、赈济灾区等，政府还经常无中生有或夸大长江、黄河泛滥造成的灾害。"虽然明知官员要求自己募捐只不过是一个捞钱的借口，其中只有一小部分真正用于公益事业，而绝大部分落入了官员的腰包，但行商们却从来不敢说不，至多在官员要求的数额上讨价还价。如有一次官员要求伍秉鉴拿出 20 万修理河堤，伍告诉亨特，他打算给五六万，如果官员不满意的话，他就给 10 万。

"宁为一只狗，不为行商首"

尽管包括乾隆在内的清朝皇帝们对西方文明不屑一顾，但他们对西方"奇技淫巧"制造出的洋玩意儿仍颇感兴趣。因此，粤海关的另一大任务就是为皇室选购来自西洋的种种新奇物品。这些东西包括八音鼓、自鸣钟、玻璃屏镜等，所花费的银两自然是让行商买单。据统计，1793—1806 年间，行商替粤海关购置洋货的费用，从每年 5.5 万两增至 20 万两。行商们为此集体致信英国公司大班，希望他们不要再将那些足以使他们破产的洋玩意儿运到广州来。

如果说以上盘剥都还算有个定数的话，那么一些偶发事件，则往往是令行商们大为头痛的"无底洞"。这方面，"海王星号事件"就是一个最好的例子。

"海王星号"是英国东印度公司的商船，1807 年 2

月 24 日停泊于广州期间，船上水手遭到一些中国人的围观和戏弄，双方发生冲突，一名中国人被英国水手打死。人命关天，况且涉案的又是夷人，广州地方政府对此十分重视，要求英国人交出一名船员偿命，但英国方面峻拒不允。清朝官员将"海王星"号的担保人、当时在十三行中位列第二的行商卢观恒找来，要求他必须让英国方面交人。卢观恒于是陷入了两难境地：英国不交人，清朝官员坚持要人。后来，清朝官员把卢观恒逮捕下狱，并停止了与东印度公司的贸易。在此情况下，英国人同意了清政府的审讯要求。当年 4 月 6 日，由广州知府、番禺知县和澳门海防同知等官员组成联合法庭，东印度公司高管以及行商卢观恒、潘启官、伍秉鉴等出席审讯。

审讯对象是"海王星"号上的 50 多名水手，审讯目的是要找出一个水手，让他对那名被打死的中国人负责。清朝官员努力追索凶手，看上去似乎要为民做主。其实，根据当时关注此事的一些外国人的记录，情况恰恰相反——相关官员不过是要在貌似严正的审讯之下，让这起突发事件大事化小，小事化了。这样做，不仅可以应付朝廷的追问，更重要的是，他们都拿了卢观恒大把的银子。

于是，在庄严的法庭上，清朝官员一再暗示英国人，只要有一个人站出来认罪，事情就了结，并且这个站出来认罪的人不会真的受到处罚。见英国人不开窍，清朝官员又暗示，东印度公司的官员可以出面作证，说他们看到一名英国水手肩扛一根竹竿，在混乱之中，那个倒霉的中国人自己碰到竹竿上刺死了；再不然就是那个中国人想偷英国水手口袋里的钱，并从后面撞上了他，因此才被竹竿刺死。若是如此这般，事情也算过去了，不过英国人却认为这样的做法是"荒谬的，可鄙的"，善于变通的中国人遇上认死理的英国人，简直是"鸡同鸭讲"。后来，清朝官员终于认定了一个叫西恩的水手是责任人，因为事发当天他手上拿了一只中国烟斗，而众所周知，烟斗是竹制的。此后，负责审讯的广州地方官员向刑部汇报这一事件的经过说，事发当天，西恩住在一座有木质百叶窗的楼上，当他用一根木棍挑开百叶窗时，木棍不慎脱手落下，正好打中了那个倒霉的中国人——如此令人大跌眼镜的虚构，让人怀疑这官员盗版了《水浒传》里潘金莲与西门庆相遇的情节。

最后对西恩的判决是，既然西恩是无心之过，就用不着偿命了，只需支付 12 两银子的丧葬费，再由广州方面将其驱逐出境即可。一场起初看上去几乎无法平息的夷人行凶案，就以这种离奇的审判告终。当然，熟悉中国内情的洋人都知道，官方之所以如此判决，是因为背后有行商拿出的巨额金钱，"为了让对这次可笑的审判有兴趣的各方保持沉默，行商所支付的必要的贿赂似乎不少于 5 万英镑"，《帝国即将溃败》一书认为，"它所造成的历史影响却刚刚开始，通过西方媒体的报道和相关书籍的描述，清朝官员们无视法律、贪婪、漠视生命的形象，在西方人的心目中进一步加深"。东印度公司的一位高管据此认为："中国人的司法不仅非常专断并且腐败，而且是建立在一种在很多方面都与欧洲的公平或正义思想不兼容的制度之上。"这一事件也使西方人意识到在中国获得治外法权的必要性。1843 年，中英签订《五口通商章程》时，英方便坚持把领事裁判权写进了条约。照葫芦画瓢，此后，美国、俄国、法国等众多西方国家都在不平等条约中，纷纷获得了领事裁判权。

类似"海王星号事件"的中外冲突时有发生，而每每遇到这种事件，最紧张害怕的无疑是两头受气的行商。1827 年 10 月 8 日出版的《悉尼公报》上，刊发了一篇伍秉鉴被敲诈的文章。文章说，某人在伶仃洋被洋人所杀，而伍被怀疑放走了凶手，官府理所当然地支持这种说法，伍只得拿出一大笔钱给处理此事的官员和被杀者的家属。伍秉鉴深知，这种事情如果坚持要查个水落石出，最终吃亏的还是自己。他只有破财消灾，就像小商人向黑社会支付保护费一样。因为在一个将商业视作末业的国度里，以商业而积累的钱财无疑就是原罪。

芸芸众生所看到的行商家财亿万，妻妾成群，可行商们也有他们的烦恼——朝廷既然能给你富贵，也就能够把富贵收走，无论做得多大，无论洋人如何真诚地称颂他们精明能干，他们在哪怕区区七品的县令面前，也只能小心翼翼地侍候，生怕一时不慎、一事不谨而惹来灭门之祸。为此，行商潘振承甚至激愤地说：宁为一只狗，不为行商首。

伦敦蜡像馆为林则徐和伍秉鉴立像

第一次鸦片战争前后，行商们多年积攒起来的银子如同流水一样花了出去。随着中英之间矛盾日深，战事一触即发，尽管包括林则徐在内的天朝吏民，大多认定伍秉鉴这样的行商是和洋人勾勾搭搭的汉奸，但事实上，伍秉鉴们最清楚，英国发动战争的根源，就是不满十三行的垄断。而英国一旦获胜，十三行就将寿终正寝，因而行商们肯定比其他人更渴望天朝获胜。为此，伍秉鉴和其他行商都积极募捐，为国效劳。

早在 1835 年，广东水师提督关天培打算在虎门一带建拦江木排，以防止战争期间洋船进入，一核算，需要白银 8.6 万两，数额太大，只能望江兴叹。两三年后，当中英之间战云密布时，伍秉鉴等行商一次性就捐出 10 万两，不久，拦江木排宣告竣工。尽管这种冷兵器时代的防卫手段面对船坚炮利的洋人不一定能起多大作用，但行商们公忠体国却是不争的事实。此后，行商们又捐资为政府购置新式船只，如伍秉鉴花 1.44 万两购回一只美国夹板船，这是我国最早购自欧美的战船；潘正炜花

1万两购得一只吕宋船；潘仕成花2万两制成一只美式战船，他还从家乡招募了300名青壮年准备守卫广州。当英军于1841年5月兵临广州城下，即将攻打这座南方商业重镇时，伍绍荣奉将军奕山之命前去英国军营调停，并达成了交出600万银元赎城的协定。于是，广州免去了化为焦土的无妄之灾。这600万赎城费，行商出资200万，其中伍家一家便出了110万。第一次鸦片战争结束后，中英签订《南京条约》，面对高达2100万银元的赔款，政府又一次向行商伸手。这一次，伍家被勒索100万，行商公所134万，其他行商共摊66万。

伍秉鉴一生谨言慎行，对官员的勒索和朝廷的逼捐，向来都尽力予以满足，《广州府志》称，"伍氏先后所助不下千万，捐输为海内之冠"。但林则徐却将他的儿子关进大牢，他本人也被摘去顶戴，枷锁示众。对这位已经风烛残年的老人来说，他没法不感到深深的屈辱和凄凉。为此，他在1842年12月23日写信给远在马萨诸塞州的美国友人说，若不是年纪太大，经不起漂洋过海的折腾，他实在想移居美国。一年之后，伍秉鉴郁郁而终，享年七十四岁。亨特在他的著作里写道："浩官和拿破仑、威灵顿都生于1769年。"

《南京条约》的正式签订，意味着一口通商成为过去时。条约规定："凡大英商民在粤贸易，向例全归额设行商承办。今大皇帝准以嗣后不必仍照向例，凡有英商等赴各口贸易者，无论与何商交易，均听其便。"白纸黑字，一口通商结束了，行商垄断结束了，在夹缝之间怒放过的十三行——这枝奇葩也凋谢了。1856年，第二次鸦片战争期间，一场大火将十三行商馆化为灰烬。一位亲历者记述说，夜里，大火弥天，火光竟呈现多种色彩，这是由于有大量珠宝在燃烧。

林则徐显然看不起伍秉鉴这种天天与洋人打交道、充满铜臭味的商人，尽管被疝气所苦恼的林则徐曾通过伍的介绍，从一个叫伯驾的洋医生那里获得了治疗此病的药物和器械。但从骨子里说，讲究修齐治平、讲究"了却君王天下事，赢得生前身后名"的儒家精英林则徐，既不可能有伍秉鉴的世界性眼光，也不可能对这种挟洋自重的"二毛子"平等视之。哪怕再晚上几十年，当郭嵩焘奉命出使英国时，一些脑袋里有贵恙的儒家精英还在嘲笑他"行伪而圣，言伪而辩，不容于尧舜之世；未能事人，焉能事鬼，何必去父母之邦？"

　　林大人和伍首富都不会料到的是，在英国人眼中，他们两人竟然是可以相提并论的——伦敦蜡像馆里，林则徐和伍秉鉴各自占据了一席之地。英国人为伍秉鉴塑像，这个很好理解，伍既是他们曾经的贸易伙伴和朋友，同时在有着重商传统的欧洲人看来，能够从无到有把生意扩张成世界首富，这样的人理所应当受到敬重。至于把曾大力禁烟的林则徐也供奉在蜡像馆，原因却有些复杂。晚清时和郭嵩焘一起出使英国，却坚持所谓"夷夏之大防"的刘锡鸿曾到蜡像馆参观过，他认为，林则徐"办禁烟事，几窘英人；然而彼固重之者，为其忠正勇毅，不以苟且图息肩也，可谓知所敬"。也就是说，刘认为，林则徐虽然是英国人的敌人，但他的忠正勇毅，就连他的敌人也深为敬重，所以塑像存念。在刘锡鸿之前，中国报业第一人王韬也曾到蜡像馆一游，同样看到了林大人的蜡像，他的解释则完全不同："禁烟启衅，虽始自林，而因此得通商五口，皆其功也，故立像以纪其始。"意思是说，林则徐的禁烟虽然让英国人蒙受了损失，但正是他的禁烟，才使得英国人有机会发动战争，从而变一口通商为五口通商。

不管哪一种解释更接近英国人的本意，窃认为，可以肯定的一点是，如果林大人在天有灵，他一定会认为英国人将他和伍秉鉴这种"奸商"供于一堂，是对他的嘲讽和不敬，林大人想必会大发脾气的。

辛亥年的枪声

南　帆

　　时过境迁，不少人都可能表现出了不凡的历史洞见。哪怕仅仅提供三五十年的距离，历史的脉络就会蜿蜒浮现。反之，身陷历史的漩涡，种种重大的局势判断有些像轮盘赌。一种理论，几场骚乱，若干激动人心的口号，还有报纸、杂志和传单，这一切足够说明一个朝代即将土崩瓦解吗？然而，林觉民坚信不疑。他义无反顾地将自己的生命押在这个结论之上——林觉民决定用一副柔弱的肩膀拱翻一个王朝的江山。

辛亥年的枪声

一

　　许多历史著作记载了辛亥年三月份广州的那一阵密
集的枪声。那时的广州是搁在中国南部的一座发烫的活
火山，革命家和志士仁人穿梭往来，气氛紧张诡异。旧
历三月二十九日下午五时许，总督衙门附近砰砰地响成
一片，流弹嘘嘘地四处乱飞。枪声并没有持续多久，但
是，大清王朝的历史已经被打出了许多窟窿。

　　一个敢于惊扰大清王朝的书生当场中弹就擒。林觉
民，字意洞，二十四岁，福建闽侯人。如今人们只能见
到一张大约一个世纪之前的相片：林觉民眉拙眼重，表
情执拗，中山装的领口系得紧紧的。他被一副镣铐锁
住，当啷当啷地押进总督衙门的时候，这件中山装肯定

已经多处撕裂，缠在手臂上作为记号的白毛巾也不知去向。腰上的枪伤剧痛锥心，林觉民还是心犹不甘地环目四顾。终于跨入了戒备森严的大门，然而，他是一个阶下囚而不是占领者。

时过境迁，不少人都可能表现出了不凡的历史洞见。哪怕仅仅提供三五十年的距离，历史的脉络就会蜿蜒浮现。反之，身陷历史的漩涡，种种重大的局势判断有些像轮盘赌。一种理论，几场骚乱，若干激动人心的口号，还有报纸、杂志和传单，这一切足够说明一个朝代即将土崩瓦解吗？然而，林觉民坚信不疑。他义无反顾地将自己的生命押在这个结论之上——林觉民决定用一副柔弱的肩膀拱翻一个王朝的江山。

不成功，便成仁，他完全明白代价是什么。起义前三天的夜晚，林觉民与同盟会的两个会员投宿香港的滨江楼。夜黑如墨，江畔虫吟时断时续。待到同屋的两个人酣然入眠之后，林觉民独自在灯下给嗣父和妻子写诀别书。《秉父书》曰："不孝儿觉民叩禀：父亲大人，儿死矣，惟累大人吃苦，弟妹缺衣食耳。然大有补于全国同胞也。大罪乞恕之。"搁笔仰天长叹。白发人送黑发人，心碎的是白发人；可是，自古忠孝难以两全，饱读圣贤书的嗣父分辨得出孰轻孰重。林觉民的《与妻书》写在一方手帕上："意映卿卿如晤：吾今以此书与汝永别矣！"这句话落在手帕上的时候，林觉民一定心酸难抑。孤灯摇曳，一声哽咽，两颊有泪如珠："吾作此书时，尚是世中一人；汝看此书时，吾已成阴间一鬼。吾作此书，泪珠和笔墨齐下，不能竟书而欲搁笔，又恐汝不察吾衷，谓吾忍舍汝而死，谓吾不知汝之不欲吾死也，故遂忍悲为汝言之。"《与妻书》一千三百来字，一气呵成，娟秀的小楷一笔不苟。两封信，通宵达旦，呕出了一腔的热血，内心一下子平静下来。生前身后的事俱已交割清楚，二十四岁的生命一夜之间完全成熟。

《禀父书》和《与妻书》是人生的断后文字。必须承认，相对于如此决绝的姿态，总督衙门的战役显得过于短促，甚至有些潦草。林觉民与同盟会会员攻入督署，不料那儿已经人去楼空。他们打翻煤油灯点起了一把火，然后纷纷转身扑向军械局。大队人马刚刚涌到东辕门，一队清军横斜里截过来。激烈的巷战立即开始，子弹噗噗地打进土墙，碎屑四溅。突然，一发尖啸的子弹如同一只蝗虫飞过，啪地钉入林觉民的腰部。林觉民当即扑倒在地，随后又扶墙挣扎起来，举枪还击。枪战持续了一阵，林觉民终于力竭不支，慢慢瘫在墙根。清军一拥而上，人头攒动之中有人飞报：抓到了一个穿中山装的美少年。

审讯常常是大规模骚乱的结局。要么统治者审问叛逆者，要么叛逆者审问统治者。现在，主持审讯的仍然是两广总督张鸣岐。林觉民和同盟会的人马抵达的时候，张鸣岐已经越墙而去。一种说法是，张鸣岐手脚利索，望风而逃，他抛下的老父张少堂和妻妾三人瑟缩于内室的一隅，哀声苦求饶命；另一种说法是，张鸣岐事先得到了细作的密报，督署仅是一幢空房子，四面伏兵重重，同盟会中了圈套。不管怎么说，骚乱并没有改变既定的格局。

当然，张鸣岐和林觉民共同明白，大堂上的吆喝、惊堂木、刑具以及声色俱厉的控告都已丧失了意义。身负镣铐的林觉民心怀必死之志。老父牵挂，娇妻倚门，但是，林觉民还是坚定地往黄泉路上走去，二十四岁的人眼神清澈，步履轻盈——那么多的福州乡亲已经在鬼门关那边等他了。半个月之前，林觉民潜回福州，召集一批福州的同盟会会员秘密赴粤。他们在台江码头分搭两艘夹板船抵马尾港，随后换乘轮船出闽江口，沿海岸线南下广州。总督衙门一役，殒命的福州乡亲多达二十余人。林觉民深为敬重的林文已经先走了一步。东辕门遭遇战，林文企图策反李准部下。手执号筒的林文挺身而出，带有福州腔的国语向对方高喊"共除异族，恢复汉疆"，应声而至的是一枚刻薄的子弹。子弹正中脑门，脑浆如注，立刻毙命；冯超骧，"水师兵团围数重，身被十余创，犹左弹右枪，力战而死"；刘元栋，"吼怒猛扑，所向摧破，敌惊为军神，望而却走，鏖战方酣适弹中额遽仆，血流满面，移时而绝"；还有方声洞，也是福州闽侯人，同盟会的福建部长，曾经习医数载，坚决不愿意留守日本东京同盟会，"义师起，军医必不可缺，则吾于此亦有微长，且吾愿为国捐躯久矣"，双底门枪战之中击毙清军哨官，随后孤身被围，"数枪环攻而死"。林尹民，陈更新，陈与燊，陈可钧，还有连江县籍的几个拳师，他们或者尸横疆场，或者被捕之后引颈就刃，林觉民又怎么可能独自苟活于天地之间？

想用囚犯的演说打动审讯者，这无异于与虎谋皮。但是，林觉民的灼灼目光与慷慨陈词还是震撼了在座的清军水师提督李准。世界形势，清朝的朽败，孙中山先生的伟大事业，林觉民血脉贲张，嗓门嘶哑，激烈的手势将身上的镣铐震得当啷啷地响。即使是一介武夫，李准也能够明显地感受到林觉民身上逼人的英气。他挥手招来了衙役，解除镣铐，摆上座位，笔墨侍候。林觉民揉了揉僵硬的手腕，坦然地坐下，挥毫疾书，墨迹淋漓飞溅。刚刚写满一张纸，李准立即趋前取走，转身捧给张鸣岐阅读。大清王朝呼喇喇如大厦将倾，蝼蚁般的草民茫然如痴，革命者铤而走险，拳拳之心谁人能解？林觉民一时悲愤难遏，一把扯开了衣襟，挥拳将胸部擂得嘭嘭地响。一口痰涌了上来，林觉民大咳一声含在口中而不肯唾到地上。李准起身端来一个痰盂，亲自侍奉林觉民将痰吐出。

目睹这一切，张鸣岐俯身对旁边的一个幕僚小声说："惜哉！此人面貌如玉，肝肠如铁，心地如雪，真奇男子也。"幕僚哈腰低语："确是国家的精华。大帅是否要成全他？"张鸣岐立即板起脸正襟危坐："这种人留给革命党，岂不是为虎添翼？杀！"

命运的枷锁并没有打开。

林觉民被押回狱中，从此滴水不肯入口。数日之后，一发受命于张鸣岐的子弹迫不及待地蹦出枪膛，准确地击中了他的心脏。刑场传来的消息说，就义之际，林觉民面不改色，俯仰自如。林觉民死后葬于广州的黄花岗荒丘，一共有七十二个起义的死难者埋在这里。风和日丽，黄花纷纷扬扬，漫山遍野；阴雨绵绵，那就是七十二个鬼魂相聚的时节。坟茔之间啾啾鬼鸣，议论的仍然是国事天下事。

五个多月之后，也就是辛亥年九月，公历1911年10月，武昌起义成功。辛亥革命推翻了千年帝制，民国成立。

二

即使是结识历史人物，也是需要缘分。

我长期居住在福州，几度搬家，每一处新居距离林觉民纪念馆都没有超过一公里。尽管如此，我对于这个人物从未产生兴趣。纪念馆是清代中叶的建筑，朱门，灰瓦，曲线山墙，三进院落。附近的高楼鳞次栉比，纪念馆还能在玻璃幕墙之间坚守多久？我对这一幢建筑物命运的关注远远超过了它的主人。一个有趣的历史问题始终没有进入我的视野：一个仅仅活了二十四年的人有什么资格占有一个偌大的纪念馆？现在，历史已经被一大批骚人墨客调弄成下酒菜。他们或者钟情于帝王及其皇宫里的金枝玉叶，或者努力修补富商大贾的家谱。林觉民这种"拼命三郎"式的革命家显然太没有情趣。可是，在我四十八岁的时候，那个仅仅活了二十四年的人突然闪出了历史著作站到跟前。林觉民这个名字鬼魅般地撞开了我的意识大门，种种情节呼啸着在脑子里横冲直撞，令人神经亢奋，夜不能寐。

生当人杰，死亦鬼雄，我终于从福州的子弟身上也看到了这种掷地有声的性格。

福州是东海之滨的一个中型城市，两江穿城，三山鼎立，长髯飘拂的大榕树冠盖如云。这里气候温润，物产富庶，江边的码头人声如沸，鱼虾的腥味随风荡漾；市区小巷纵横，炊烟弥漫于起伏错落的瓦顶之上。历史记载证明，福州人的祖先多半来自北方的中原。魏晋时期开始，北方的中原烽火连天，一些富庶的名门望族扶老携幼仓皇南逃，其中一部分陆续落脚在这里。可以想象，这些逃跑者的后代性情温和，血液的沸点很高，不到万不得已不会破门而出。据说福州许多女人的日子很惬意。她们戴着满头的卷发器到菜市场指指点点，身后自然有一个拎菜篮的男人跟上付账。另一种更为夸张的说法是，这些男人连涮马桶、倒夜壶也得亲自动手。总之，这些男人的骨头软，胸无大志，撑不起历史的顶梁柱。我在这个城市的一条巷子里长大，打架毁墙揭瓦片无所不为，但是，这种市井无赖的形象无助于证明福州男人的高大。现在，林觉民如同一颗耀眼的流星划过这个城市的漫长历史。仰天长啸，壮怀激烈，福州也有这等顶天立地的好汉。我母亲也姓林，一样的闽侯人，我或许可以大胆地将林觉民视为母亲这个谱系的一个先辈。

燕赵多慷慨悲歌之士。相形之下，福州人似乎有些心虚。为什么他们享受不到这种美誉？肯定存在某种偏见。当年林觉民从福州召集了一批乡亲赴粤，他们多半刚烈豪爽，精通拳棒。这些人的种子仍然撒在福州的肥沃土地上。他们的后裔常常四处奔走，抡起一对拳头打遍天下不平事。不少人通过不正规的渠道踏入日本岛

175

国，或者漂洋过海来到美国。他们隐居在东京和纽约的唐人街，只听得懂乡音而不谙日语和英语。某些时候，他们会突然出现在街头，挥拳将不可一世的日本鬼子或者美国佬打得鼻青眼肿。美国的警车冲入唐人街哇哇乱叫，回答他们的一概是福州话。据说，纽约的警察局贴出了一条广告：招募懂得福州方言的警察。当然，我不愿意人们将我的乡亲想象成一伙莽汉。我的另一些乡亲文采斐然。牺牲在东辕门的林文工诗文，音节悲壮，沉郁顿挫："极目中原事，干戈久未安。豺狼当道路，刀俎尽衣冠。大地秦关险，秋风易水寒。《雪花歌》一曲，听罢泪漫漫。"如果不是用福州方言诵读，人们肯定会将作者想象成一个关西大汉。

我常常考虑，问题是不是就出在福州方言上？语言学家可以证明，福州方言恰恰是来自中原的古汉语。那些南迁的名门望族带来了中原的口音，福州方言之中可以发现大量的古汉语用法。这些口音捂在南方的崇山峻岭之中，渐渐与北方中原割断了联系而成为方言。然而，自从中原文化被视为正统之后，方言似乎就是蛮夷之地的鸟语。福州方言多降调，而且保存了许多古汉语的入声，听起来叽里咕噜的一片。北京人说起话来抑扬顿挫，连骂娘的节奏都格外舒缓。他们的言辞之中可以加入那么多的"儿"化，福州人常常觉得自己的舌头笨得不行。即使是能言善辩的福州大佬，遇到一口标准的京腔就像剥了衣服似的自惭形秽。我的想象之中，高大的英雄总是屹立在远处，嘴里肯定不会冒出土气呛人的方言。福州出过另一个大人物林则徐。道光年间，林则徐用漏风的国语命令：给我烧了！于是，虎门的鸦片烧成了一片火海；林则徐又用漏风的国语下达命令：抬出大炮！炮台上的大炮昂起头来，军舰上的英军相顾失色。所以，林则徐林文忠公是近代史上赫赫有名的大英雄，举世公认。尽管如此，福州还是有许多段子编排林则徐口音不准的小故事。这时的林则徐不是朝廷的钦差大臣，他只是福州人的乡亲，是我们祖上的一个可爱的老爷子。

林觉民是一个风流倜傥的才子。他二十岁的时候东渡日本留学。谙熟日语之外，他还懂得英语和德语。林觉民比鲁迅小六岁，是一个现代知识分子，可以从容地出入国际性舞台。我的心目中，林觉民的形象将英雄与乡亲有机地统一起来了。

三

辛亥年三月份广州的那一阵密集的枪声夹在厚厚的历史著作之中，听起来遥远而模糊。然而，时隔近一个世纪，这一阵枪声奇怪地惊动了我的庸常生活。我开始在历史著作之中前前后后地查找这一阵枪声的意义。

黄花岗烈士殉难一周年之后，孙中山先生在一篇祭文之中流露了不尽的悲怆之情："寂寂黄花，离离宿草，出师未捷，埋恨千古。"时隔十年重提这一场起义，孙中山先生的如椽大笔体现了历史伟人的高瞻远瞩。他在《黄花岗烈士事略》序言之中写道："……是役也，碧血横飞，浩气四塞，草木为之含悲，风云因之变色。全国久蛰之人心，乃大兴奋。怨愤所积，如怒涛排壑，不可遏抑，不半载而武昌大革命以成。"

多年以来，清宫戏在电视屏幕之上长盛不衰。康熙、雍正、乾隆和慈禧太后带上他们的臣子和后宫登陆每一户人家的客厅，"万岁爷""娘娘""奴才谢恩"的声音不绝于耳。我常常在电视机前想起了辛亥革命。如果没有辛亥革命带来的历史剧变，这些皇帝老儿肯定还要从电视屏幕的那一块玻璃背后威严地踱出来，喝令我们跪拜叩首。辛亥革命如此伟大，以至于开始介绍福州乡亲林觉民的时候，我肯定要证明他在辛亥革命之中的位置。

令人遗憾的是，这个意图始终无法完整地实现。我似乎找不到广州起义与武昌起义之间的历史阶梯，二者之间不存在递进关系。没有证据表明，广州起义曾经重创清廷的统治系统，从而为武昌的革命军创造了有利条件。林觉民们的枪声响过之后，两广总督张鸣岐还是人五人六地坐在审判席上发号施令。

广州起义是孙中山先生在马来半岛的槟榔屿策划的。庚戌年十一月，他秘密召集南洋各地的同盟会骨干开会，决定再度在广州起事，并且指定由黄兴负责。会议之后半个月，孙中山先生即远赴欧洲、美国、加拿大筹款，他在起义失败的次日才从美国芝加哥的报纸上得到消息。总之，广州起义不像一场深谋远虑的战役镶嵌在历史之中，有时人们会觉得，这更像一件即兴式的行动艺术。

武昌起义的导火索必须追溯到清政府的"铁路干线国有"政策。清政府强行接收粤、川、湘、鄂四地的商办铁路公司，各地的保路运动沸反盈天，四川尤为激烈。

成都血案，清政府急忙调遣湖北新军入川弹压，湖北的革命党乘虚奋勇一击，长长的锁链终于哗地解体。总之，广州起义与武昌起义属于两个不同的段落。孙中山先生所说的"久蛰之人心，乃大兴奋"云云，陈述的是舆论、声势或者气氛造成的影响——正如孙中山先生在另一封信里说的那样，"广州起义虽失败，但影响于全世界及海外华侨实非常之大"。

不过，我时常觉得"影响"这个评语不够过瘾。林觉民应当有更大的历史贡献，他付出的代价是自己的生命。一个二十四岁的生命仅仅制造了某种"影响"，就像点一根爆竹一样？我期望能够论证，林觉民是辛亥革命之中的一个齿轮——哪怕小小的齿轮也是一部机器不可或缺的组成部分。然而，我的虚荣心遭到本地一位业余历史学家的批评。在他看来，将历史想象成一部大齿轮带动小齿轮匀速运转的机器是十分幼稚的。历史是由无数段落草草地堆砌起来，没有人事先知道自己会被填塞在哪一个角落。古往今来，多少胸怀大志的人一事无成。如果不是历史凑巧提供一个高度，即使一个人愿意将自己的生命燃成一把火炬，照亮的可能仅仅是鼻子底下一个极其微小的旮旯。广州起义之前，孙中山还在广东策划了九次失败的起义，屡战屡败，屡败屡战。九次的起义队伍之中可能藏有一些比林觉民更有才华的人，可是，他们早就湮灭无闻。广州起义再度受挫，然而，这是武昌胜利之前的最后一次失败——林觉民因此成为后来的胜利者记忆犹新的先烈。可以猜想，如果还有九十次失败的起义，林觉民恐怕也只能像落入河里的一块瓦片无声无息地沉没。这个意义上，他已经是一个幸运者。这位业余历史学家劝我，不要为"历史贡献"这些迂腐之论徒增烦恼。我们的乡亲林觉民有血有肉，有情有义，他会心高气傲，会口出狂言，会酩酊大醉，也会愁肠百结。心存革命一念，他就慷慨无私地将自己的一百多斤豁了出去。做得到这一点的人就是大英雄。至于有多少历史贡献，这笔账由别人去忙活好了。

四

我曾经说过，林觉民是一个现代知识分子；现在，我又有些怀疑。林觉民的性格之中保存了不少侠气。豪气干云，一诺千金；仰天悲歌，击鼓笑骂；一剑封喉，血溅五步——这是林觉民的形象。

现代知识分子很少有这种颐使气指的性格。鲁迅对于正人君子的虚伪深恶痛绝。他的内心存有深刻的怀疑。既怀疑他人，也怀疑自己。他很难与哪一个人成为刎颈之交，并肩地挽起手臂临风而立。"两间余一卒，荷戟独彷徨"，这种孤独的确是鲁迅的精神写照。美国回来的胡适当然有些绅士风度。温和，大度，自由主义式的宽容，主张多研究些问题少谈些主义。他与陈独秀共同提倡白话文的时候流露出些许霸气，后来就是一个好好先生，闲暇时吟一些"两个黄蝴蝶，双双飞上天，不知为什么，一个忽飞还"之类的小诗。徐志摩呢？"我不知道风／是在哪一个方向吹——"，这个浪漫多情的诗人骨头轻了一些。当然，还有"我是一条天狗呀！我把月来吞了，我把日来吞了，我把一切星球来吞了，我把全宇宙来吞了"——那是一个沸腾的郭沫若，尽管他的激情有余而刚烈不足。另一些打领带的教授就不必逐一细数了吧。他们或者擅长背古书，或者擅长说英文，懂些理论，有点个性，不肯盲从或者迷信，推敲过

"to be or not to be"，偶尔也不可避免地有些小私心、小虚伪、小猥琐或者小怪癖，总之都算现代知识分子。但是，他们身上统统删掉了林觉民的侠气。

所以，我倾向于将林觉民归入游侠式的知识分子形象系列。白袍书生，负一柄剑，沽一壶浊酒，行走于日暮烟尘古道，轻财任侠，急公好义，胸怀大志。他们肯定善于歌赋，荆轲当年信口就吟出了一曲千古绝唱："风萧萧兮易水寒，壮士一去兮不复返。"很难猜测他们的剑术如何，但是这些人无不因此而自夸。李白自称"十五好剑术"，辛弃疾"醉里挑灯看剑"，龚自珍"一箫一剑平生意"，谭嗣同"我自横刀向天笑"，一身中山装的林觉民手执步枪腰别炸弹地闯入广州总督衙门的时候，人们联想到的多半是江湖上的大侠。

"少年不望万户侯"，这是林觉民十三岁时在考场写下的七个大字。光绪二十五年，林觉民的嗣父命他应考童生。这个桀骜不驯的小子挥笔在试卷上写了七个字之后就扬长而去。他自号"抖飞"，又号"天外生"，显然是展翅翱翔的意象。他想去哪里？嗣父有些不安，只得安排他投考自己任教的全闽大学堂。然而，全闽大学堂是戊戌维新的产物,思想激进者大有人在。林觉民有辩才,纵议时局,演说革命,私下里传递一些《苏报》《警世钟》《天讨》之类的革命书刊。嗣父管不住他了,指望校方严加束缚。当时的总教习有一双慧眼,"是儿不凡,曷少宽假,以养其浩然之气"。一个晚上,中学生林觉民在一条窄窄巷子里演说,题为《挽救垂危之中国》,拍案捶胸,声泪俱下。全闽大学堂的一个学监恰好在场。事后他忧心忡忡地对他人说:"亡大清者,必此辈也!"中学生林觉民竟然在家中办了一所小型的女子学校,亲自讲授国文课程,动员姑嫂们放了小脚。尽管周围的亲人渐渐习惯了林觉民离经叛道的言行,但是,他们怎么也想象不到,五年以后的林觉民竟然敢手执步枪腰别炸弹地闯入总督衙门。

至少在当时,周围的亲人并未意识到林觉民身上的侠气。他在福州结交的许多同盟会会员都喜欢行侠尚武。黄花岗烈士之中,林文为自己镌刻的印章是"进为诸葛退渊明";林尹民擅长少林武术,素有"猛张飞"之称;陈更新能诗词,工草书,好击剑,精马术;刘元栋体格魁梧,善拳术;刘六符目光如电,曾经拜名震八闽的拳侠为师；方声洞有志于陆军；冯超骧成长于军人世家。总之，这一批知识分子不是书斋里的人物。驳康有为，斥梁启超，林觉民与这一批知识分子崇尚行动，不仅用笔，而且用枪。如今，许多历史著作提到陈独秀、胡适或者鲁迅、周作人的启蒙思想，另一些风格迥异的知识分子群落往往被忽略了。

侠肝义胆的一个标志就是随时可以赴死。这种人往往不再儿女情长。真正的大侠只能独往独来；如果后面跟一个女人，一步三回头是要坏事的。缠缠绵绵只能消磨意志，多少英雄陷入温柔乡半途而废。英雄手中的长剑，一方面是格杀敌手，另一方面是挥断自己的情丝。儿女情长是柳永、张生、梁山伯或者贾宝玉们的故事，与行走在刀尖上的革命者离得很远。

然而，没有想到，福州乡亲林觉民同时还是一个情种。他不仅一身侠骨，而且还有一副柔肠。

五

现今我已经无从考证滨江楼位于香港何处，也没有这个兴趣。我愿意将滨江楼想象为一幢二层的小楼，楼上听得见隐隐的江涛和不时的虫鸣。辛亥年三月的一个夜晚，一个血气方刚的男子倚窗独坐，他在同伴的鼾声里总结自己的情爱历史。

林觉民的大丈夫形象已经得到了历史著作的公认，他的情种形象来自《与妻书》。"意映卿卿如晤"，林觉民的《与妻书》是给他的妻子陈意映做思想工作。他要离开自己至爱的女人赴死，他希望陈意映明白他的心意，不要怨他心狠，不要悲伤过度；即使成为一个鬼魂，他也会依依相伴，阴阳相通。天下为公，坦坦荡荡；两情相悦，寸心自知。林觉民的《与妻书》既深情款款又凛然大义，既刚烈昂扬又曲径通幽。一个女作家深有感触地说，读《与妻书》犹如一次精神上的做爱，一波三折，最终达到了革命与爱情的双双高潮。我丝毫不觉得这种比喻有什么亵渎的意味。相反，这说明了革命的情操动人至深。

　　吾至爱汝，即此爱汝一念，使吾勇于就死也。吾自遇汝以来，常愿天下有情人都成眷属；

然遍地腥云，满街狼犬，称心快意，几家能
彀？司马青衫，吾不能学太上之忘情也。语云：
仁者"老吾老以及人之老，幼吾幼以及人之
幼"。吾充吾爱汝之心，助天下人爱其所爱，所
以敢先汝而死，不顾汝也。汝体吾此心，于啼
泣之余，亦以天下人为念，当亦乐牺牲吾身与
汝身之福利，为天下人谋永福也。汝其勿悲！

福州的林觉民纪念馆即是林觉民出生的原址。这
座大宅院坐西朝东，四面有风火墙，内分南院和北院，
北院有一幢二层楼房和一座小花园，大门边即是福州
著名的"万兴桶石店"。这座大宅院的主人最早可以查
到的是林觉民的曾祖父。林觉民居住大宅院之内的西
南隅，一厅一房，一条狭长的小天井，天井的角落种
一丛腊梅。

许多人习惯于用恒久的时间证明爱情的不朽，海
枯石烂，忠贞不渝。但是，真实的爱情要有一个存放的
空间。如今，大宅院之中林觉民与陈意映的居室陈设如
故。出双入对，同栖同宿，当年这里的一切都曾经烙上

两人的体温。林觉民的记忆之中收藏了如此之多陈意映的细节：笑靥，步态，娇语，嗔怒，凝神，含羞……想不到，这里即将成为伤心之地。物是人非，情何以堪？

汝忆否？四五年前某夕，吾尝语曰："与其使吾先死也，毋宁汝先吾而死。"汝初闻言而怒，后经吾婉解，虽不谓吾言为是，而亦无辞相答。吾之意盖谓以汝之弱，必不能禁失吾之悲，吾先死留苦与汝，吾心不忍。故宁请汝先死，吾担悲也。嗟夫，谁知吾卒先汝而死乎？吾真真不能忘汝也。回忆后街之屋，入门穿廊，过前后厅，又三四折有小厅，厅旁一室，为吾与汝双栖之所。初婚三四个月，适冬之望日前后，窗外疏梅筛月影，依稀掩映，吾与汝并肩携手，低低切切，何事不语？何情不诉？及今思之，空余泪痕。又忆六七年前，吾之逃家复归也，汝泣告我"望今后有远行，必先告妾，妾愿随君行"。吾亦既许汝矣。前十余日回家，即欲乘便以此行之事语汝，及与汝相对，又不能启口，且以汝有身也；更恐不胜悲，故惟日日呼酒买醉。嗟夫，当时余心之悲，盖不能以寸管形容之。

大宅院里住着林觉民父辈的七房族人。从曹雪芹的《红楼梦》、巴金的《家》《春》《秋》到曹禺的《雷雨》，人们可以在文学史上读到一批大家族的故事。那个时候，生活在大家族之中的年轻一辈压抑，无助，未老先衰。通常，他们只能像土拨鼠似的在长辈之间钻来钻去，竭力找到一个可以自由呼吸的缝隙。由于没有直抒胸臆的机会，这些年轻人往往多愁善感，神经纤细。如果套上一个不称心的婚姻，他们的下半辈子再也产生不了任何激情。大家族内部的不幸，林觉民都看见了。

林觉民的嗣父林孝颖是林觉民的叔叔。他饱学多才，诗文名重一时。考上秀才时，福州的一位黄姓富翁托媒议亲，招为乘龙快婿。不料林孝颖根本不乐意接受这一门父兄包办的亲事。他第一天就拒绝进入洞房，并且因为心灰意冷而从此寄情于诗酒。大宅院之中，黄氏徒然顶一个妻子的名分煎熬清水般的日子，白天笑脸周旋于妯娌之间，夜里蒙头悲泣，嘤嘤之声盘旋在几进院落的墙角。为了安慰黄氏，排遣她的孤单和寂寞，林孝颖的哥哥将幼小的林觉民过继给黄氏抚养。

随着年龄渐长，上一代人的嘤嘤悲泣始终缭绕在林觉民的耳边。他一辈子感到幸运的是娶到了陈意映。也是父母之命，也是媒妁之言，但是，老天爷却让他遇到了情投意合的陈意映："吾妻性癖、好尚与余绝同，天真浪漫女子也！"

但是，情种林觉民就要离开这座大宅院，远赴疆场，九死一生。嗣父一定感到林觉民神色异常，再三询问。林觉民推说日本的学校放樱花假，他约了几个日本的同学要到江浙一带游玩。生母一定也察觉到了什么，但是问不出原因。死何足惧，真正割舍不下的是陈意映，然而她茫然无知——是不是八个月的身孕转移了她的注意力？林觉民肝肠寸断，欲说还休，唯有日复一日地借酒浇愁。所以，《与妻书》之中的这几段话既是说给陈意映，也是说给自己——不说服自己怎么能走得动？

吾诚愿与汝相守以死，第以今日事观之，

天灾可以死，盗贼可以死，瓜分之日可以死，奸官污吏虐民可以死，吾辈处今日之中国，国中无时无地不可以死？到那时使吾眼睁睁看汝死，或使汝眼睁睁看我死，吾能之乎？抑汝能之乎？即可不死，而离散不相见，徒使两地眼成穿而骨化石，试问古今来几曾见破镜能重圆？则较死为尤苦也。将奈之何？今日吾与汝幸双健，天下人人不当死而死，与不愿离而离者，不可数计；钟情如我辈者，能忍之乎？此吾所以敢率情就死不顾汝也。吾今死而无余憾，国事成不成，自有同志者在。依新已五岁，转眼成人，汝其善抚之，使其肖我。汝腹中之物，吾疑其女也，女必像汝，吾心甚慰。或又是男，则亦教其以父志为志，则我死后，尚有二意洞在也。幸甚，幸甚！吾家后日当甚贫，贫无所苦，清净过日而已。

吾今与汝无言矣，吾居九泉之下，遥闻汝哭声，当哭相和也。吾平日不信有鬼，今则又望其真有；今人又言心电感应有道，吾亦望其言是实。则吾之死，吾灵尚依依伴汝也，汝不必以无侣悲！

吾平生未尝以吾所志语汝，是吾不是处。然语之，又恐汝日日为吾担忧。吾牺牲百死而不辞，而使汝担忧，的的非吾所忍。吾爱汝至，所以为汝谋者惟恐未及。汝幸而偶我，又何不幸而生今日之中国？吾幸而得汝，又何不幸而生今日之中国？卒不忍独善其身。嗟夫！巾短情长，所未尽者尚有万千，汝可以模拟得之。吾今不能见汝矣，汝不能舍吾，其时时于梦中得我乎？一恸！

辛亥三月二十六夜四鼓，意洞手书。

家中诸母皆通文，有不解处，望请指教，当尽吾意为幸。

"巾短情长，所未尽者尚有万千"，无限的牵挂和负疚，可是林觉民不得不动身了。没有一个至爱的女人，林觉民的内心一定轻松许多；可是，没有一个至爱的女人，生活还值得喷出一腔的鲜血吗？"汝幸而偶我，又何不幸而生今日之中国？吾幸而得汝，又何不幸而生今日之中国？"长吁短叹，家国不可两全。就是在这一刻，历史无情地撕裂了这个男子。

六

黄花岗烈士之中，福州乡亲有名有姓的计十九名。林文、林觉民、林尹民号称"三林"，林文为首。"独来数孤雁，到处总悠悠"，"露枯野草频嘶马，水满荒塘不见花"，写得出这种诗句的人一定是不凡之辈。可是，除了些许零散的诗篇，林文不再为历史留下什么。福州已经找不到他的故址。他的亲戚后人杳无音讯。林觉民追随孙中山先生，秘密奔走于日本、福建、香港、广州之间，最终手执步枪腰别炸弹地杀入总督衙门，然而，现在许多人记住他的原因是《与妻书》。

至少在网络上，革命家林觉民已经成为一个没有温度的称号，情种林觉民仍然炙手可热。我利用搜索引擎查到了虚拟空间的一次圆桌讨论，登录网络的众女士曾经深入研究"我生命中的男人"。林觉民榜上有名。当然，许多男人的名字都出现在这个圆桌讨论之中。曾国藩据说适合当父亲，因为他家教甚严；萧峰——金庸小说之中的人物——豪情磊落，适合当大哥；李白做一个浪漫的小弟挺好；周润发风度翩翩，是男朋友的理想人选；至于丈夫当然要找胡雪岩，因为这老儿有的是钱；如果有可能，再要一个比尔·盖茨做儿子，这娃娃脑子好使，孺子可教也，当妈的省心；也有人提出喜欢贾宝玉，原因是公子听话；另一个女士爱上了孙悟空，因为这猴儿能够七十二变，好玩。这些意见多少有些俗。另一个识见不凡的女士发来一个长长的帖子，她提出了三个理想的男子：项羽，林觉民，关汉卿。项羽显然不仅因为他破釜沉舟的豪迈，这个敢做敢当的男人与虞姬的生死之恋永垂千古；林觉民单凭一封《与妻书》就可以征服无数的芳心；关汉卿这家伙落拓不羁，是一粒"蒸不烂煮不熟捶不扁炒不爆响当当的铜豌豆"，顽劣而又风流，叫人如何不想他。这份帖子赢得了不少掌声，尽管另一些女士表示了某种无关紧要的分歧，例如这些男人都过于霸气，如此等等。

必须承认，这些意见视野开阔，一些妙想甚至匪夷所思。即使林觉民再有想象力恐怕也料想不到，多年以后他可以在这种场合与曾国藩、周润发或者比尔·盖茨同台竞技。抱怨播下龙种而收获跳蚤肯定有些自以为是，但是，这至少可以证明，凡人很难预料，神秘莫测的历史会给未来孕育出什么。

大半个世纪之前，人们曾经从鲁迅的《药》读出了深刻的悲哀——革命者上了断头台，一批无知的庸众竟然在兴高采烈地当看客，甚至吮他的血。可是，历史上的大英雄什么时候躲得开寂寞和孤愤？也许，是大英雄自风流，没有必要为这种遭遇而伤感。这时，我又想到那位业余历史学家的观点：人生一世，有幸来到天地之间走一遭，能够认定什么是真理，甚至可以将自己的头颅潇洒一掷，长笑而去，这就是幸运的一生，壮烈的一生。那些蝇营狗苟的凡夫俗子并不是天生猥琐——因为他们找不到值得豁出命的事业。一辈子能够有一回惊天地，泣鬼神，如此快意，夫复何求！做了就做了，至于红尘滚滚之中的后人如何指指点点，褒贬引申，那只能随他去了。留下的历史无非是一些印刷品或者象征符号，笑骂由人，没有必要斤斤计较。

可是，林觉民身后的陈意映呢？林觉民慷慨就义，功德圆满，他是不是将无尽的痛苦抛给了陈意映？

躲不开的一问。

网络上有一篇文章说，林觉民不负天下，但负了一人；他不知道天下人的名字，却恨不得将这人的名字记到来世。陈意映愿意追随林觉民上天入地，林觉民却深挚而残酷地替她选择了独生。铁肩担道义。无论什么时候，林觉民都是一个堂堂男子汉。但是，他挥挥手将陈意映抛在彼岸——他有这个权利吗？

道理说得出千千万万，痛苦依然尖锐如故。即使霓虹灯闪烁的歌舞厅、富有磁性的嗓音或者重金属打击乐也无法覆盖这种人生难题。童安格，这个绰号"学生王子"的歌手居然幽幽地唱起了林觉民，唱起了香港滨江楼的《诀别》：

> 夜冷清　独饮千言万语
>
> 难舍弃　思国心情
>
> 灯欲尽　独锁千愁万绪
>
> 言难启　诀别吾妻

烽火泪　滴尽相思意

情缘魂梦相系

方寸心　只愿天下情侣

不再有泪如你

是吗？"不再有泪如你?"齐豫——齐秦的姐姐——用一个女人的心情回应一首:《觉——遥寄林觉民》。她要问的是，刹那是不是永恒——能不能"把缱绻了一时，当作被爱了一世?"

……

觉

当我回首我的梦

我不得不相信

刹那即永恒

再难的追寻和遗弃

有时候不得不弃

爱不再开始

却只能停在开始

把缱绻了一时

当作被爱了一世

你的不得不舍和遗弃

都是守真情的坚持

我留守着数不完的夜和载沉载浮的凌迟

谁给你选择的权利

让你就这样的离去

谁把我无止境的付出都化成纸上的一个名字

如今

当我寂寞那么真

我还是得相信

刹那能永恒

再苦的甜蜜和道理

有时候不得不理

　　还能说什么呢，林觉民？即使知道一切如此沉重，即使满心负疚，依然生离死别，能够握在手里的仅仅是一管笔——《意映卿卿》。许乃胜一曲轻吟如诉：

意映卿卿

再一次呼唤你的名

今夜我的笔沾满你的情

然而

我的肩却负担四万万个情

钟情如我

又怎能抵住此情

万万千千

意映卿卿

再一次呼唤你的名

曾经我的眼充满你的泪

然而

我的心已许下四万万个愿

率性如我

又怎能抛下此愿

青云贯天

梦里遥望

低低切切

千百年后的三月

我也无悔

我也无怨

　　歌罢无言。这是历史上不会愈合的伤口，但是，这些问题不会出现在历史著作之中。

七

　　一个作家对我说过，她很喜欢"意映卿卿如晤"这句话。我想了想，的确，这句话具有私语性质。"意映卿卿如晤"，一个小小的、温暖的私人空间就会随着文字浮现。

　　陈意映，一个女人的名字，一个收信人，一个林觉民的倾诉对象。现在，她要从纸面上活起来了。那么，她能够走多远呢？

　　这时，我的叙述半径急剧地收缩。陈意映可能离开她的一厅一房，出去给公婆请安；偶尔也会走出大门，"万兴桶石店"总是那么热闹；是不是还会到门前的那条街上走一走呢？这是福州著名的南后街。一直到今天，这条街上还完整地承传了古街的格局。裱字画的，裁衣服的，卖寿衣的，编藤木器具的，做鞋的，各种小店一溜排开。正月十五过元宵，这条街上的灯笼糊得最好。带轮子的羊、马、牛、鱼、关公刀、小飞机，品种繁多。当然，大多数时光，陈意映肯定是待在她的一厅一房和狭小的天井里。儿子嗷嗷待哺，她离不开多长时间。陈意映出身书香门第，能诗文，父亲陈元凯是一个举人。所以，林觉民留在家里的几册书籍报刊已经足够她打发空闲的日子。她是不是零零星星地听到了革命、共和、光复这些概念？完全可能。但是，她抬起眼睛只能看到天井上方窄窄长长的天空。这是她的世界。历史在很远的地方运行，由丈夫林觉民以及他的一帮朋友操心。陈意映丝毫没有想到，突然有一天，历史竟然不打任何招呼就将如此沉重的担子搁在她的肩上。

"低低切切，何事不语？"陈意映生活在一个低语的小天地里。日子很扎实，只是因为有一个人情意绵绵，肌肤相亲。一个女人的耳边有了这些低语，她还有什么必要听那些火药味十足的大口号呢？

辛亥年的三月初，林觉民意外地从日本回到福州。

他竟日忙于呼朋唤友，或者借酒使气，但是，陈意映从不问什么。林觉民是一个做大事的人，白天属于他自己。她已经习惯了将大日子搁在那个男人肩上，自己只管小天井里面的琐事，还有腹中八个月的胎儿。陈意映恐怕永远也不知道曾经酝酿的一个计划：林觉民本来打算让她运送炸药到广州。林觉民在福州西郊的西禅寺秘密炼制了许多炸药。他将炸药藏在一具棺材里，想找一个可靠的女子装扮成寡妇沿途护送。如果不是因为八个月的身孕举止笨拙，陈意映可能与林觉民一起赴广州，并且双双殒命。我猜想陈意映不会拒绝林觉民的要求。她甚至会认为，能够和林觉民死在一块，恐怕比独自活下来更好。

不知道摧毁她平静生活的凶讯是如何传递的？我估计只能是口讯而不是电报。广州起义的日子里，林觉民的岳父陈元凯正在广州为官。得到林觉民被捕的消息，他急如星火地遣人送信。赶在官府的追杀令抵达福州之前，林家火速迁走，偌大的宅院一下子空了。

避开了满门抄捕，陈意映与一家老小隐居于福州光禄坊一条秃巷的双层小屋。秃巷里仅一两户人家，这一幢双层小屋单门独户。陈意映惊魂甫定，巷子外面传言纷纷。一个夜晚，门缝里塞入一包东西，次日早晨发现是林觉民的两封遗书。"吾作此书时，尚是世中一人；汝看此书时，吾已成阴间一鬼。"天旋地转，泪眼婆娑。最后的一丝侥幸终于崩断。更深夜静，独立寒窗，一个女人的低泣能不能传得到黄花岗？

一个月之后，陈意映早产；五个多月之后，武昌起义；又过了一个月，福州起义，闽浙总督吞金自杀，福建革命政府宣告成立。福州的第一面十八星旗由陈意映与刘元栋夫人、冯超骧夫人起义前夕赶制出来。当然，革命的成功将归于众人共享，丧夫之痛却是由陈意映独吞。两年之后，这个女人还是被绵长不尽的思念噬穿、蛀空，抑郁而亡。

武昌起义成功之后的半年，孙中山先生返回广州时途经福州，特地排出时间会见黄花岗烈士家属，并且赠给陈更新夫人五百银元以示抚恤。至于陈意映是否参加，史料之中已经查不到记载。这个女人的踪迹此时已经淡出历史著作。她只能活在林觉民的《与妻书》之中。

八

我站在马路对面的一座天桥上，隔着车水马龙遥看那一幢建筑物：朱门，曲线山墙，曲折起伏的灰瓦曾经遮盖那么多的情节。主角早已谢幕离开，舞台和道具依然如故。民国初期，这幢建筑物旁边的巷子辟为马路，如今是福州最为繁闹的地段。这幢建筑物仿佛注定要留下来似的，它顽强地踞守在两条马路交叉的拐角，矮矮地趴在一大片高楼群落之中。人来熙往，这里始终是一个安静得有些蹊跷的角落。周围的精品屋一茬又一茬，这一幢建筑物忠心耿耿地监护历史，一成不变。

林家仓皇撤离之后，一户谢姓的人家旋即购下了这座大宅院。谢家有女，后来出落成一个大作家，即谢冰心。冰心七十九岁时写成一篇忆旧之作《我的故乡》，文中兴致勃勃地记叙了这座大宅院：门口的万兴桶石店，大厅堂，前房后院，祖父书架上的《子不语》和林琴南译著，每个长方形的天井都有一口井，各个厅堂柱子上的楹联，例如"知足知不足，有为有弗为"，如此等等。两个近代的著名人物一前一后出入这座大宅院，犹如天作之合。然而，令人奇怪的是，冰心丝毫没有提及林觉民。先前读过《我的故乡》，丝毫想不到冰心说的就是林觉民的故居——仿佛是另一座大宅院似的。冰心对于这里上演的悲剧一无所知吗？对于一个如此渊博的作家，好像不太可能。一个小小的谜团。

林家这一脉后来也出过一个女作家，算起来大约是林觉民的远房侄女。她就是后来嫁到梁启超家的林徽因。林徽因出生在杭州，但是回到过福州。她的文字里也没有提到这一座大宅院，不知为什么。

历史的沧桑，世态炎凉，有些事就不必再费神猜想了。

伏尔泰与卢梭：
法国思想史上的"王""后"大战

施京吾

我将这场冲突形容为思想史上的"王""后"大战。"王"，当然指伏尔泰，他是当时法国思想群体的真正导师、独一无二的泰山北斗；"后"，自然指卢梭，他阴柔、敏感、深情、脆弱，具备了"思想王后"的基本要素。他对伏尔泰充满期待，希望对方能在思想上重视他、指导他，和他进行公开平等的交流，但卢梭一样没有得到，因此有着情感上的哀怨直至不满。他与伏尔泰的思想分歧，终于在伏尔泰的倨傲和放浪不羁中爆发，变成思想史上的一个"大事件"。

　　18 世纪的法国是启蒙运动的世纪。1750 年之前，法国思想战线已风生水起：孟德斯鸠的三部主要著作《罗马盛衰原因论》《波斯人信札》和《论法的精神》俱已出版；狄德罗写出《致盲人书简》，并于 1749 年 7 月被抓进樊尚堡，坐了一百天的牢；狄德罗和达朗贝尔于 1746 年开始编纂的《百科全书》影响巨大，几乎将当时法国最优秀思想家一网打尽……当然，最应该被提起的思想家是伏尔泰。

　　1750 年之前，卢梭虽然参与了《百科全书》词条的写作，但在强大的法国思想家队伍中，他显得籍籍无名、微不足道。1750 年开始，启蒙运动渐入高潮，卢梭的登场，不但在法国思想史，也在人类思想史上激荡起巨大波澜，他写下更为特殊的一笔——和同时代大部分伟大思想家统统翻脸，包括狄德罗、达朗贝尔、霍尔巴赫、休谟……而持续时间最长、影响最大的，则是他与伏尔泰之间关系的不可调和。

我将这场冲突形容为思想史上的"王""后"大战。"王"，当然指伏尔泰，他是当时法国思想群体的真正导师、独一无二的泰山北斗；"后"，自然指卢梭，他阴柔、敏感、深情、脆弱，具备了"思想王后"的基本要素。他对伏尔泰充满期待，希望对方能在思想上重视他、指导他，和他进行公开平等的交流，但卢梭一样没有得到，因此有着情感上的哀怨直至不满。他与伏尔泰的思想分歧，终于在伏尔泰的倨傲和放浪不羁中爆发，变成思想史上的一个"大事件"。

伏尔泰，以及被他轻慢的卢梭，两人在思想史上拥有何种地位？有歌德评价为证："伏尔泰标志着旧世界的结束，卢梭代表了新世界的诞生。"这两位几乎没有交集的人是怎么斗到你死我活的地步的？其交恶过程堪称离奇。他们的故事不仅体现了思想史的分化，还有一个至今依然深深刺痛我们神经的地方：思想，该不该交给权力审判？

"王"与"后"的初次交集

伏尔泰的伟大成就深刻影响了卢梭。从年龄上说，伏尔泰生于 1694 年，卢梭生于 1712 年，比伏尔泰小十八岁，差不多算两代人。当时的启蒙思想家大多为贵族出身，有优越的社会地位和经济实力，比如达朗贝尔是被遗弃的私生子，但其父是位军官，母亲则是著名的沙龙主人，达朗贝尔不到三十岁即成为法兰西科学院数学副院士。卢梭则身份低微，虽然通过自学取得了一些成绩，但置身于这些思想家中，就显得微不足道了。

卢梭的文学楷模是伏尔泰的剧作《扎伊尔》和《阿尔奇尔》，早期作品《新世界的发现》与《阿尔奇尔》有相当地方雷同，可见伏尔泰对他的影响。这些作品的思想意图是："文明只能借助宽恕，才能超越'野蛮人'自然的善良。"道德意识的锤炼成为卢梭的思想立足点。不过，伏尔泰对他的影响以文学性为主，在思想上，卢梭甚至没有将伏尔泰当作"哲学家"看待，这不仅表明卢梭具有强烈的文学倾向，同时还表明他眼光锐利——伏尔泰的思想成就不及他的文学和史学成就，也不及卢梭将来在思想史上所取得的业绩。

1745 年 2 月，伏尔泰编剧的《纳瓦尔公主》上演，但没有取得成功，毫无名声的卢梭被推荐给伏尔泰修改剧本，用今天的话叫"代笔"。经卢梭重新改编的歌舞剧《拉米尔的节日》于同年 12 月 22 日在凡尔赛演出。演出前，卢梭第一次给伏尔泰写信，报告剧本修改情况，伏尔泰回信，写了一些热情及恭维的话，"希望成为您的朋友"并"但愿我很快有幸向您道谢"。

但到剧本上演时，卢梭的名字并没有被写进作者名单，他感到非常失望，大病了一场。后来此剧收入《卢梭全集》，算是物归原主。

不曾谋面的误会

卢梭参加"百科全书"的词条写作后，虽然名声不够响亮，但也跻身"哲学家"行列，与狄德罗、达朗贝尔成为朋友。启蒙运动时期的"哲学家"不仅是学术身份，同时也是政治身份，几乎准确反映了对"哲学"的传统定义：这是一门关于思维的学问。而信仰是排斥思考的，昆德拉说：人类一思考，上帝就发笑。这时，"哲学家"的称号对应于社会主流地位的"神学家"，哲学家是思想的异端，他们反对神学家，反对信仰上的盲从和迷信。

1749 年 7 月 24 日至 11 月 3 日，狄德罗因《致盲人书简》入狱。10 月，卢梭去探监。途中他看到《法兰西信使报》上刊登着 1749 年 9 月 28 日第戎科学院和文学院举办 1750 年"伦理奖"论文竞赛的消息，征文的题目是"科学和艺术进步是否有利于敦风化俗"。卢梭后来回忆，看到这个启事"我感到被强烈的心跳所压迫"，见到狄德罗后，他将此感受告诉了狄德罗，狄德罗提出一些建议——这成为卢梭《论科学与艺术》一文的由来。这篇论文与《论人类不平等的起源和基础》《爱弥儿（**论教育**）》一起，是卢梭不可分割的三部著作。《论科学与艺术》既是卢梭的思想起点，也是他思想的终点。

卢梭思想的核心是：人的本性是善，恶来自社会。这个观点，造成了与伏尔泰以及其他启蒙思想家们的普遍冲突。

尽管卢梭对伏尔泰无限崇敬，但并没有回避观念上的某些分歧，他曾对伏尔泰的一些思想进行过批评。伏尔泰写过一首叫《上流社会人辩辞或奢华赋》的诗作，诗中赞美了奢华、挥霍的生活，卢梭写道："告诉我们，闻名遐迩的阿鲁埃（伏尔泰的本名），多少次您为了满足我们矫揉造作的幽情而牺牲了阳刚之美，多少次附庸风雅使您因小失大。"当然，批评不意味着失去敬仰，而仅仅是表达了观点的差异——正是差异的不断扩大，导致启蒙运动中的两位巨人在未来时间里反目成仇、势不两立。

卢梭论文获奖前有一个小插曲。1750 年 1 月 12 日至 2 月 7 日，伏尔泰创作的悲剧《俄瑞斯忒斯》上演，他很看重这个剧本。九次演出中每场必到，还带了一群朋友去捧场。但剧作并没有取得预期的成功，演出时，一位叫"皮埃尔 - 卢梭"的人不仅没有全神贯注欣赏剧作，反而和熟人窃窃私语，引得伏尔泰大怒。他责问对方是谁，对方回答：卢梭！"哪个卢梭？是那个小卢梭吗？"有位在场的贵妇人反击道："您若不立即住嘴，我抽你耳光！"伏尔泰被迫狼狈退场。

卢梭听说了这个冲突，立即于 1 月 30 日给伏尔泰写信，试图澄清此事。约在 2 月 2 日，伏尔泰回了一个短笺，轻描淡写地说"您不可能犯他的过失，而且他也没有您的成绩"，一点打算认识卢梭的意思都没有，他可能早就忘记五年前说过"希望成为您的朋友"的话。

1750 年 7 月 10 日，卢梭的论文获得第戎学院最高奖，一举成名。身在柏林的伏尔泰对这个奖项嗤之以鼻，仅仅视为"小学生们的命题作文"，但他没有对论文本身进行相关评价。

1753 年 11 月，第戎学院公布了新论文竞赛题目："人类不平等的起源是什么，它是否符合自然规律？"这一次，卢梭因论文篇幅超过规定，他没有等待评选结果，在 1754 年 4 月 1 日截稿前交出论文，随后即准备进行出版，次年 4 月 24 日印刷成册。卢梭将论文寄给了伏尔泰。伏尔泰不久后回信："我收到了您写的反对人类的新书，深表谢意……至今还没有人如此煞费苦心地要让我们与禽兽同类。读了您的著作，人们意欲四足爬行。"语气充满戏谑和调侃，但态度还算友善。他听说卢梭的身体状况不佳，在信中还劝卢梭回到家乡日内瓦——这年的 2 月，伏尔泰结束了柏林的旅居生活，在日内瓦买了一座漂亮的乡村别墅，他给这座别墅起了个好听的名字"赏心居"。

显然，伏尔泰读过卢梭的《论人类不平等的起源和基础》，但他仅在回信的开头和结尾提到了这部著作，而且回答的内容竟是针对五年前第一篇论文的内容，中间大段是谈论自己如何受到政治反对派的攻击。显然，五年前卢梭获奖所带来的名声，并没有使伏尔泰产生对他高看一眼的想法，伏尔泰眼中的卢梭，不过是一个"小学生命题作文"的获奖者。稍后，伏尔泰将这封回信与他的剧本《中国孤儿》同时发表。尽管伏尔泰调侃了卢梭，但卢梭没有减弱对伏尔泰的敬意，他在一封没有寄出的信件中表示："把您当作我们大家的领头人，对您表达敬意。"

里斯本地震产生的哲学分歧

真正反映卢梭与伏尔泰思想分歧的，是对里斯本大地震的不同看法。1755 年 11 月 1 日，里斯本发生大地震，死亡人数达十万之众。当时，里斯本是欧洲第四大城市，地震几乎摧毁了这个繁华的城市。葡萄牙正处于由传统封建国家向现代集权国家的转变过程中，这势必会削弱教会力量。因此，地震后引发了一个神学问题：大地震是否因为触犯了神意，而遭到天谴？

1756 年 5 月，伏尔泰出版了《里斯本震灾挽诗和自然法则之诗》。在诗中，伏尔泰表达了反对教会的"神意说"，他对朋友说："看见了吧，这件事说明，神意是十足的屁话。"诗作充满了强烈的哲学意味：既然上帝之链是完美的，为什么会祸及无辜？在涉及人性善恶的问题上，伏尔泰认为人性是恶的。这一诗作出版后，自然要受到神学家们的攻击，为反驳这些攻击，他将作品进行了一些补充，托人分别给达朗贝尔、狄德罗、卢梭各送了一本，并表示："他们比较了解我。"

对伏尔泰主动赠送诗集，卢梭感到十分兴奋，但在诗中，伏尔泰与卢梭在价值观上的差异却更加明确，伏尔泰相信人性是恶的，卢梭却坚信人性本善，他反对伏尔泰用个别现象来解释上帝普遍的善，这样会动摇信仰的根基。卢梭于 8 月 18 日给伏尔泰写了一封信，信中既恭敬又有明确保留。恭敬，是因为卢梭对伏尔泰敬仰如故；而有明确保留，则因为他们对人性论有了根本性分歧。

出乎卢梭意料，伏尔泰很快回了一封"热情洋溢"的信："请相信，在所有读过您的人中，没有比我更欣赏您的；虽然我有时喜欢说几句尖刻的玩笑话，在所有您遇到的人中，没有一个会像我这样真心喜欢您。"伏尔泰在回信中还邀请卢梭"到寒舍一聚"。只是，热情归热情，伏尔泰的回信完全回避了卢梭所提出的问题。

在这之后，卢梭再度成为过眼烟云，伏尔泰仅仅在偶然场合会提一下他。这封回信是伏尔泰给卢梭的最后一封，从此，两人关系走上了另外一条道路。

祸起日内瓦

伏尔泰于 1755 年 3 月定居日内瓦后，经常召集人马在"赏心居"演出自己的剧本，也常常参与到表演中，扮演某些角色。

1756 年 8 月中旬，达朗贝尔在伏尔泰家中住了半个月，伏尔泰对达朗贝尔非常友善、热情，甚至在他离开时还感到了"惆怅"，这与对卢梭的态度形成强烈反差。一年后，《百科全书》第 7 卷出版，其中登载了达朗贝尔所写的《日内瓦》一文，文中倡议在日内瓦开设一家剧院，正是这个倡议，展开了卢梭与伏尔泰之间的全面冲突。

达朗贝尔的《日内瓦》一文涉及关于基督神性等问题的论断，首先遭到了日内瓦牧师们的反对，同时也遭到卢梭的反对。1757 年 12 月 5 日，狄德罗拜访卢梭，谈到了在日内瓦开设剧院的问题，狄德罗显然是达朗贝尔的重要支持者，卢梭当面顶撞了狄德罗——两人从此决裂。

为反驳达朗贝尔，卢梭甚至中断正在写作中的《新爱洛伊丝》，于 1758 年 3 月 20 日写下《致达朗贝尔：论戏剧》一文，并于 9 月出版。文章取得了巨大成功，尤获日内瓦牧师们的赞许，并激起了许多人对卢梭的崇拜，其中一位叫穆尔图的年轻牧师之热情尤其高涨。

《论戏剧》出版后，卢梭将书寄给了伏尔泰，伏尔泰收到书后不置一词，毫无反应。崇拜者穆尔图多次给卢梭写信，描述了日内瓦的一些情况，使卢梭对日内瓦的印象越来越坏。一次，穆尔图在信中严厉指责伏尔泰的所作所为："先生，我决不说谎，这个人给我们带来太多的伤害……这个六十多岁的老头，竟然和一群没有头脑的十五岁少年混在一起，引人注目……它只能让伏尔泰变成小丑。"穆尔图的信，把卢梭与伏尔泰思想上的分歧迅速转化为情感上的愤恨，卢梭于1760年1月19日回信给穆尔图，怒斥伏尔泰："您跟我说起伏尔泰！为什么让这个小丑的名字来玷污您的信？这个卑鄙的小人断送了我的祖国；我对他除了鄙视只有恨……"

更加不凑巧的事情也接踵而来。卢梭曾向几位朋友展示过1756年8月18日写给伏尔泰的信，因文辞优美、语言生动，得到高度赞许。但后来此信内容遭遇外泄，一位神父从中看到了两人在观念上的冲突，他转告卢梭，社会上流传着两个版本的信，建议卢梭亲自出版该书。本来，卢梭并不打算出版未经过伏尔泰同意的信件，于是他写信给书刊出版检查总监马勒泽尔布，询问在巴黎是否可以禁止翻印此信，马勒泽尔布告诉卢梭，不仅无法阻止盗版，而且建议卢梭抢先在巴黎出版。

这样，卢梭迫不得已再次给伏尔泰写信，表明不是自己故意将内容泄露出去的，他开始在信中不留情面地说："先生，我一点也不喜欢您，我是您的门徒，又是热烈的拥护者，您却给我造成了最痛心的苦难。日内瓦收留了您，您的报答便是断送了这个城市；我在我的同胞中极力为您捧场，您的报答便是挑拨离间；是您使我在自己的家乡无法立足，是您使我将客死他乡……"结尾处言："总之，我恨您，这是您自找的……别了，先生。"伏尔泰对这个突如其来的"我恨你"感到莫名其妙。

但伏尔泰仍旧不把卢梭当回事，只是说他"发疯了"。

伏尔泰开始反击

就在卢梭表示对伏尔泰"恨"的同时，伏尔泰在日内瓦的奢华生活引起了教会的注意，当地教务委员会提出要禁止伏尔泰的戏剧演出，此时卢梭也拥有大量粉丝，他们也在积极阻止伏尔泰的戏剧活动。伏尔泰对此非常恼火。

随着不断有反对派上门滋事，伏尔泰对卢梭的感觉开始转变了，他把卢梭的文章、来信与教会反对势力以及被禁演等几件事情联系在了一起。其实，对于卢梭而言，他之所以反对伏尔泰这样做，相当一部分原因是出于对"祖国"日内瓦的情感，这是一件独立于教务委员会的孤立行动，是个体对个体的态度。而且，他也确实没有参与任何与之相关的具体行动，更重要的是，他刚刚写完《爱弥儿》，又忙于《新爱洛伊丝》的出版，无暇顾及日内瓦的热闹景象。

《新爱洛伊丝》的出版给伏尔泰提供了机会，他开始了全面反扑。伏尔泰对《新爱洛伊丝》评价道："我浏览日内瓦公民的一本言情和伦理小说，其中既无情也无德，味同嚼蜡。此书唯一值得一提的就是谩骂我们这个民族。"从此，伏尔泰一改过去极少提及卢梭的状况，在自己的信件中大量提到卢梭。

1761 年 2 月，日内瓦出现了一个二十五页的小册子，小册子由四封签名为"格希姆奈斯"侯爵的信构成，号称此信是写给伏尔泰的，但实际作者正是伏尔泰本人。由于这位侯爵长期反对卢梭，他很乐意为此充当"冤大头"。伏尔泰在这个小册子对卢梭的著作进行了一番冷嘲热讽，其中第四封信还诽谤卢梭得了梅毒。这四封信写得相当无理野蛮，许多人对作者评价恶劣，达朗贝尔甚至对伏尔泰说："有人给您写了一些恶毒的信，攻击卢梭的小说和他本人，我为此感到痛心。这是对您的侮辱。"只是他们不知道，真实的作者其实正是伏尔泰。

18世纪五六十年代，正是启蒙运动风起云涌之时，运动的主要领袖人物在这些年间悉数登场，引起了法国政府和教会的恐慌，对知识分子的迫害因此加剧。达朗贝尔退出《百科全书》编辑任务，巴黎最高法院还下令撕毁伏尔泰的有关著作，"百科全书派"也遭到官方迫害。这恰好是卢梭与伏尔泰分歧爆发的时期，伏尔泰认为卢梭的行径背叛了哲学家群体，号召大家"加强团结"，他认为对方是"无可救药的疯子""第欧根尼的小鬼""好虚荣的小流氓"，这类带有侮辱、诽谤性的字眼不断出现在他给朋友的信中。

1761年，《新爱洛伊丝》的成功出版，引起了法国读者的热烈追捧，在读者眼里，卢梭已经是和伏尔泰平起平坐的大作家了。第二年，卢梭准备出版已经完成的《社会契约论》和《爱弥儿》，此时他的身体患有严重疾病，认为自己快死了，神经质也更加严重，他打算停止写作。但《社会契约论》和《爱弥儿》先后遭到禁止，法国最高法院决定逮捕卢梭。

法国政府查禁《爱弥儿》的原因，是作者"提出亵渎宗教的可恶的原则，他把宗教置于理性的审视之下，提倡一种纯粹的人性的信仰"，最高法院下令焚毁此书，这样，卢梭在法国和日内瓦都无法立足了，只好逃到了普鲁士所辖的纳沙泰尔领地。由于伏尔泰在日内瓦居住，卢梭开始无端怀疑伏尔泰对日内瓦当局施加了影响。其实，禁止伏尔泰演戏的和禁止卢梭出书的，都是同一批人，而他们做出的决断理由都是因为"渎神"，与这两人间的思想冲突全无干系。

此时的日内瓦已分成"伏尔泰派"和"卢梭派"，当伏尔泰倒霉时，他认为是卢梭做了手脚；当卢梭倒霉了，他同样认为是伏尔泰搞小动作。

1764 年 10 月，卢梭的《山中来信》发表，这是他首次公开地直接针对伏尔泰。伏尔泰年底读到卢梭对自己的批判，立刻进行了毫不留情的回击。两人冲突开始严重升级。

如果说伏尔泰对卢梭的辱骂是一个性格上的败笔，那么，把思想交给权力审查，就成为他人生绕不过去的一点：伏尔泰要求行政和宗教机构采取措施严厉处罚卢梭。这位启蒙运动中最杰出的代表、以人权反对神权的伟大斗士，在自己晚年，把两个思想家之间的交锋变成了卢梭与权力的对峙。

1765年3月19日，巴黎焚烧了《山中来信》，随后，日内瓦也禁止了《山中来信》的发行。但在伏尔泰将卢梭推上权力审判席的同时，他自己也没有逃过一劫：他的《五十人的说教》在罗马被查封；稍后出版的《哲学辞典》也遭到日内瓦的焚毁。而不断遭到迫害的卢梭，也在颠沛流离中惶惶如丧家之犬。

结　语

在这场思想史的"王""后"大战中，很明显，我是倾向于卢梭的，并非是对弱者的同情，也不是对他乖张性格的欣赏和赞许，更不意味着卢梭有多么正确。

就论战表现而言，一方面，他在思想上表现出的深度和复杂性，远远超过伏尔泰，未来思想史中的许多问题都与卢梭有关，而与伏尔泰关联不大。其次，不论卢梭性格如何古怪，与伏尔泰的缠斗主要限于思想层面，他没有把思想交给权力审判，卢梭从未逾越这条底线，保持了思想和行为的高度一致性。伏尔泰却经常轻松地跨越它。第三，在这场长达十年的缠斗中，卢梭没有丧失"君子风度"，没有谩骂、诋毁，伏尔泰却过度摆弄自己的才华和地位，造谣、中伤。

就论战内容而言，伏尔泰基本回避了与卢梭在思想上的讨论，伏尔泰对卢梭的评价几乎都不具备思想史的价值，原因在于：一、伏尔泰在卢梭写出《论科学和艺术》的时候，早已是"文学共和国"的国王，卢梭的一篇与自己论调完全相反的小论文不会引起他多大的兴趣，他沉醉在自己建构的理性王国中，对异见完全漠视。二、伏尔泰看到了理性的价值，而卢梭却看到了理性背后的情感、感觉。伏尔泰既不能理解又无法接受，也就无法从思想的层面进行反驳。三、伏尔泰在生活中是一个"庸人"，或者说是一个世俗化很强烈的人，尽管受到贵族的侮辱和当局的迫害，却始终属于上流社会的名人，他也不会乐于主动放弃一切既得利益。虽然他与卢梭同为"自然神论者"，但伏尔泰却出自对自然力量的无法理解或者敬畏之情，而卢梭则出自内心对上帝的挚爱，所以，在批判教会上他们往往取得高度一致，但涉及信仰问题上，两人的态度截然相反。

接受异端思想何其难也，伟大的伏尔泰，也不愿意俯下身来聆听一个晚辈的声音。理性主义的兴起，使欧洲进入了现代社会，以伏尔泰为代表的启蒙运动对人类进步事业做出了卓越贡献，卢梭则以纯粹本我的情感显现，跨越了现代性，一只脚跨入了后现代主义的门槛。正因为卢梭思想中具有天然的后现代色彩，他必然将矛头指向启蒙运动中的理性主义哲学家们，这种指向对于伏尔泰来说绝对不可接受——因为他根本无法理解。在那样一个时代里，卢梭超前的思想，注定要遭到比伏尔泰多得多的攻击。

在未来岁月中，伏尔泰的文学作品基本被边缘化，剧作已经成为文化遗产，其影响已随着时代的发展而逐渐消失，他的《哲学辞典》和《哲学通信》被后人提及并不多，流布较广的是两部历史著作《风俗论》和《路易十四时代》。而启蒙运动的另一个标志性符号——卢梭，他的大部分著作都成为传世经典，有学者曾评价："两百多年来现代世界的走向，几乎都遵循着他的意向。他在政治学、社会学、教育学以及文学的各个方面，都产生了无与伦比的深广影响。某种意义上说，这个世界正是照他的理念打造而成的。"

1778 年 5 月 30 日，伏尔泰与世长辞，他在遗嘱中说："当我离开人间时，我热爱上帝，热爱我的朋友，也不嫉恨我的敌人。"三十三天后，卢梭也在巴黎远郊的一个小村庄里逝世。

三年后，在法国大革命的高潮中，革命党人把伏尔泰的灵柩请进了先贤祠，连绵十几里的送灵柩队伍故意在路易十六的囚室窗口下经过，以刺激这个即将被送上断头台的国王。此前，法国国民公会作出决议，也把卢梭的遗体请进先贤祠，受到与伏尔泰同样的待遇——人们根本没有把他们的争论和怨仇太当一回事。

当卢梭与伏尔泰的灵柩隔着走廊相对，不知他们在天之灵会做何感想？

图书在版编目（CIP）数据

语之可 . 14，君臣一梦，今古空名 /《作家文摘》报社主编 . -- 北京：作家出版社，2019.3

ISBN 978-7-5212-0421-6

Ⅰ . ①语… Ⅱ . ①作… Ⅲ . ①散文集 – 中国 – 当代 Ⅳ . ①I267

中国版本图书馆CIP数据核字（2019）第045066号

语之可 14：君臣一梦，今古空名

主　　编：《作家文摘》报社
责任编辑：杨兵兵
特约编辑：裴　岚
装帧设计：于文妍
出版发行：作家出版社有限公司
社　　址：北京农展馆南里 10 号　　　邮　　编：100125
电话传真：86–10–65067186（发行中心及邮购部）
　　　　　86–10–65004079（总编室）
E-mail:zuojia@zuojia.net.cn
http://www.zuojiachubanshe.com
印　　刷：中煤（北京）印务有限公司
成品尺寸：120×190
字　　数：103 千
印　　张：7　　　　　　　　　　　插　　页：16
版　　次：2019 年 3 月第 1 版
印　　次：2019 年 3 月第 1 次印刷
ISBN　978–7–5212–0421–6
定　　价：39.00 元

语之可

以文艺美浸润身心
用思想力澄明未来

　　隶属于中国作家协会的《作家文摘》报是一份以文史见长、兼顾时政的著名文化传媒品牌，内容涵盖历史真相揭秘、政治人物兴衰、名家妙笔精选、焦点事件深析，博采精选，求真深度，具有鲜明的办报特色。

　　依托《作家文摘》的语可书坊主打纯粹高格的纸质阅读产品，志在发现、推广那些意蕴醇厚、文笔隽秀的性灵之作，触探时代的纵深与人性的幽微。

作家文摘　　語可書坊

投稿邮箱：yukeshufang@163.com